10944

AF493711

# La Diplomatie Secrète sous la troisième République

## 1910-1911

# HOMS-BAGDAD

## Du Quai d'Orsay à la Correctionnelle

RECUEIL DOCUMENTAIRE

*Avec une Introduction*

*par*

M. CHARLES PAIX-SÉAILLES

---

**2 fr. 50**

---

ÉDITIONS
*du COURRIER EUROPÉEN*
90, Rue de Varenne
PARIS

8° Lg⁶ 1031

# Le Courrier Européen

bi-mensuel
le n° : 0,60

Ab^{ts} { France.. : 12 fr.
Étranger : 15 fr.

Revue Politique Internationale

FONDATEURS :

BJORNSTJERNE BJORNSON,
Nicolas SALMERON

COMITÉ DE DIRECTION :

B. Pérez GALDÓS, Georg BRANDES, Jacques NOVICOW, Gabriel SÉAILLES, Professeur à la Sorbonne, G. SERGI, Professeur à l'Université de Rome, Ch. SEIGNOBOS, Prof. à la Sorbonne.

Le " Courrier Européen " rembourse intégralement le montant de son abonnement par des Primes ENTIÈREMENT GRATUITES

Numéro Spécimen Gratuit sur demande

La

# Diplomatie Secrète

## sous la troisième République

### 1910-1911

BIBLIOTHÈQUE NATIONALE R.F. IMPRIMÉS

# HOMS-BAGDAD

**Du Quai d'Orsay à la Correctionnelle**

**RECUEIL DOCUMENTAIRE**

*Avec une Introduction*

*par*

**M. CHARLES PAIX-SÉAILLES**

---

**2 fr. 50**

---

**ÉDITIONS**

*du COURRIER EUROPÉEN*

**90, Rue de Varenne**

**PARIS**

8° Lg6 1051

# La diplomatie secrète sous la Troisième République

BIBLIOTHÈQUE NATIONALE R.F. IMPRIMÉS

## INTRODUCTION

Le mécanisme de la politique internationale obéit de nos jours à des ressorts que l'on soupçonne mais dont on a rarement l'occasion d'apercevoir l'engrenage secret. Les peuples entendent discuter les principes, ils ignorent les réalités. Ils devinent, sans doute, le rôle des financiers et de la presse. Certaines indiscrétions, les accusations réciproques des groupes rivaux, révèlent parfois les dessous inconnus des gestes officiels. Rarement il est permis de suivre d'un bout à l'autre la génèse d'une de ces grandes affaires internationales où se mêlent les intérêts des peuples et ceux de certains privilégiés.

Il a fallu l'audace excessive de M. André Tardieu, rédacteur de la politique étrangère au *Temps* et haut fonctionnaire du ministère de l'Intérieur, pour jeter depuis deux ans un jour inattendu et un peu inquiétant sur ces dessous de notre politique extérieure, et pour que l'attention du public tout entier fût appelée sur des trafics qui datent de loin et sur des hommes dont la néfaste influence s'exerce depuis longtemps sur les affaires publiques de ce pays.

Le scandale de la N'Goko-Sangha a ouvert la série. Mais

nul n'eût osé prévoir, en s'indignant de la scandaleuse indemnité accordée par la faiblesse de M. Pichon à la société congolaise et de la combinaison franco-allemande inventée pour la justifier, que les échecs successifs des tentatives d'accords congolais nous méneraient à Agadir. L'écho des colères de M. Tardieu et de ses récriminations contre M. Pichon était à peine apaisé que le scandale d'Homs-Bagdad éclatait par l'arrestation de Bernard Maimon et de Rouet. Le *Rappel* publiait alors une partie de la correspondance des principaux acteurs et bientôt un jugement public nous apprenait officiellement que les éditoriaux du *Temps*, en même temps que les intérêts de la N'Goko Sangha, servaient les affaires de Bernard Maimon, de Youssouf Saïd Bey et de M. Tardieu. Cependant les négociations continuaient autour des affaires congolaises, entre M. Fondère, qui exagérait peut-être son rôle officieux, et M. Semler, vice-président du Reichstag, l'*Etienne* allemand, que M. Roëls, correspondant à Berlin du *Temps* et de la N'Goko Sangha, avait recruté pour son consortium franco-allemand. Elles échouent fin juin et la *Panther* arrive à Agadir.

Et voici que le 18 août, l'*Humanité* dénonçait l'intervention dans les négociations de M. Fondère, dont les initiatives et le rôle seront précisés quelque jour.

M. Fondère exerce sur le Congo Français l'influence financière la plus étendue, et, maître des transports, contrôle en réalité toutes les compagnies concessionnaires. Son entremise avait nécessairement pour but des intérêts privés : on le vit bien, lorsque, déçu par le refus de l'indemnité qu'il escomptait, il se retourna contre M. Caillaux. Plusieurs mois s'écoulent, et les négociations officielles se poursuivent en même temps que le conflit entre M. Caillaux et M. de Selves. Ce n'est qu'après la signature du traité que la brouille devient publique et que brusquement éclate le scandale qui devait se dénouer devant la Commission sénatoriale. Les révélations dès lors se précipitent, et les négociations secrètes des deux dernières années s'éclairent des polémiques que M. Tardieu, dans le *Temps*, M. Gandolphe dans la *Liberté* accompagnent de documents, de faits et de dates. Le *Matin*, les *Débats*, la *Libre Parole*, jettent à leur tour quelques lumières qui s'enrichissent encore au cours des débats du Sénat sur le traité du 4 novembre. Il nous a paru qu'il était utile de réunir en quelques pages documentaires ce que l'on sait sur ces événements que les recueils officiels ignoreront, mais qui intéressent non seulement l'histoire d'un passé tout proche de nous, mais l'avenir immédiat.

Le dossier de l'affaire d'Homs-Bagdad, que nous publions en premier lieu, mérite une place spéciale aux archives de notre époque. Le jugement de la Chambre correctionnelle à laquelle furent déférés Rouet et Maimon est une conclusion morale, mais insuffisante, et l'on verra que les juges ont dû, très discrètement, exprimer dans leurs attendus le regret de ne voir devant eux que les moindres coupables. Les documents que nous avons réunis ici ne font point la même sélection. Ils présentent dans leur rôle exact tous les personnages intéressés et ceux-ci ne désavoueront pas des lettres ou des articles écrits par eux-mêmes. Nous n'avons pas cru nécessaire d'ajouter un long commentaire à ces pièces d'une suffisante éloquence. On nous permettra seulement de résumer en quelques mots cette mémorable aventure. On sait comment, en pays turc, les financiers européens conçoivent les entreprises de chemin de fer : Un capital dont la rénumération et l'amortissement sont fournis par la Turquie, à l'image des pays plus avancés dans l'organisation moderne, est la base solide de l'affaire. La construction est confiée à une société d'entreprise dont les promoteurs sont les premiers bénéficiaires, en vertu d'un marchandage parfois répété à plusieurs reprises. Les fournitures des rails et du matériel profitent aux métallurgistes du pays qui a la charge de fournir les fonds, à moins que lorsque ce pays est la France, les promoteurs ne repassent, moyennant honorable commission, une partie des fournitures à des Anglais ou à des Allemands. Enfin, les *promoteurs* se réservent, en partage avec les bailleurs de fonds, les banquiers et les métallurgistes, l'administration ultérieure de l'affaire.

Personne n'ignore les compétitions qui se sont poursuivies autour de la concession de la ligne de Koniah-Bagdad, prolongement de la ligne allemande d'Anatolie, le fameux Bagdad allemand. On sait aujourd'hui, par l'accord négocié à Potsdam (1910) que le veto de la Russie imposa à la France, il y a quelques années, une abstention regrettable. M. Delcassé, alors ministre des Affaires étrangères, fut à ce sujet en conflit avec M. Rouvier qui, comme banquier, eût souhaité d'associer officiellement un groupe français à l'affaire de Bagdad, au moment où l'on offrait à la France une participation d'un tiers. Les intrigues qu'il noua alors avec M. Etienne, qui fit jadis un voyage remarqué à Constantinople et à Berlin, et avec M. Constans, ambassadeur de France en Turquie, ont-elles quelques relations avec les événements qui ont lié les questions du Maroc et du Congo ? Il est seulement permis de le supposer. Ce qui est certain, c'est que M. Rouvier, devenu président du Conseil, négocia en sous-main avec l'Allemagne, et que ses espoirs de règlement amiable eurent pour terme l'affaire de Tanger et, malgré le départ de M. Delcassé, le difficile réglement d'Algésiras. Toujours est-il que l'entreprise est aujourd'hui entièrement allemande, et que nos voisins, ayant enfin obtenu la garantie kilométrique nécessaire, se proposent de poursuivre sous leur contrôle exclusif la construction et l'exploitation de la grande voie mésopotamienne. Ceci n'empêche point les banques françaises de garder un tiers des titres du Bagdad dans leurs caisses. De même une Société internationale de construction s'est fondée il y a quatre ans, à laquelle participent les groupes français. Cependant les titres du Bagdad ne sont point cotés en France, et nul contrôle politique français ne s'y exerce.

La Turquie, sous l'influence allemande et aussi pour des raisons d'organisation intérieure et de défense extérieure a depuis longtemps décidé de faire les frais de la ligne Koniah-Bagdad. Au sud de cette ligne, qui traverse la vallée de l'Euphrate et suit la vallée du Tigre, s'étend le désert de Syrie. On s'étonnera peut-être que l'on ait songé à faire à travers ce désert une ligne qui, rejoignant l'Euphrate, concurrence la ligne allemande dans un pays encore fort peu développé économiquement. Mais si l'on veut bien réfléchir à la façon dont se rémunèrent le capital et surtout les intermédiaires, on verra que l'essentiel est d'obtenir la garantie et que la valeur de la ligne importe peu. On avait supposé seulement qu'à défaut d'intérêt économique du côté turc, des considérations politiques permettraient d'obtenir l'intervention des gouvernements français et anglais. Ce dernier a toujours envisagé la ligne de Bagdad au Golfe Persique comme devant être soumise à son contrôle. L'Allemagne était donc une rivale contre laquelle l'appui français pourrait être précieux. On pouvait le payer, grâce à l'Homs-Bagdad, aux frais de la Turquie. Quant à la France, elle a un réseau de chemins de fer en Syrie : n'est-ce point assez pour que son influence et ses lignes ferrées doivent jusqu'à Bagdad couvrir le désert syriaque ?

Au reste les prétextes importent peu. Il y avait là du capital à émettre, des fournitures à partager. Cela devait suffire. On peut ajouter cependant, et c'est peut-être la seule raison sérieuse, que la poursuite d'une concession d'Homs à Bagdad pouvait éventuellement servir de prétexte à une conversation avec les Allemands, et son abandon fournir un moyen de transaction. Toujours est-il que la concession de la ligne d'Homs-Bagdad, tenta plusieurs groupes. L'un, patronné d'abord par l'ambassade de France à Constantinople (c'est la Régie générale des Travaux publics, qui a signé dans le courant de l'été dernier un contrat d'études pour les lignes de Turquie d'Europe), se retira aussitôt devant les objections du gouvernement ottoman, peu soucieux, on le comprend de reste, de subventionner à travers le désert une voie concurrente au Bagdad allemand, déjà garanti par lui. L'autre, celui qui nous occupe ici, eut pour origine la demande en concession d'un fonctionnaire turc, Youssouf Saïd Bey, associé de Bernard Maimon en cette occasion et en d'autres, et qui fut arrêté à Constantinople le 23 avril 1911, lorsque fut découvert le trafic des papiers diplomatiques de l'aventurier levantin; c'est ce projet dont nous allons suivre les avatars à Londres et à Paris, où Bernard Maimon avait trouvé ses partenaires après quelques difficultés préliminaires. A Londres, dès la fin de 1909, il marchait avec le groupe de M. Barry, ingénieur et administrateur de chemins de fer en Extrême-Orient et dont es appuis parlementaires étaient Lord Brassey et Lord Ronaldshay. A Paris, il s'était d'abord heurté au refus des sociétés de construction, informées peut-être de la valeur morale du personnage. Ce n'est que vers le début de 1910 qu'il trouva son homme : M. André Tardieu.

M. André Tardieu est rédacteur au *Temps*, dont il dirige le *Bulletin de l'Étranger*, au *Petit Parisien*, à la *France de Bordeaux*, etc.; il est inspecteur adjoint des services administratifs en activité, secrétaire d'ambassade honoraire, professeur à l'Ecole libre des Sciences politiques, chevalier de la Légion d'honneur. C'est donc un personnage considérable, et son intervention explique sans doute le quasi succès de l'affaire, qui n'échoua que par la consciencieuse et tenace opposition de notre ambassadeur à Constantinople, M. Bompard. Encore celui-ci faillit-il succomber devant la coalition hostile fomentée contre lui par M. Tardieu. On va suivre dans les lettres mêmes échangées par les *promoteurs*, et dans les articles de M. Tardieu les phases de cette aventure. — C'est un chapitre accessoire, mais de grand intérêt, de l'histoire du Bagdad allemand, dont les répercussions sur la politique européenne en ces dernières années ont été considérables, et qui sans doute occupera encore les chancelleries.

CH. PAIX-SÉAILLES.

---

# HOMS-BAGDAD

*Etude documentaire*

---

## Une affaire turque qui passe par Londres pour devenir française.

Homs est une petite ville de Syrie, située sur le chemin de fer de Damas et qui doit à la proximité du port de Tripoli de Syrie l'honneur de servir de base et d'origine aux ambitieux projets financiers qui se combinèrent autour de l'affaire de Homs-Bagdad.

Déjà on avait proposé l'affaire à Paris, il y a quelques années. On aurait fait subventionner par la France une ligne maritime de Marseille à Tripoli de Syrie. De là, le chemin de fer. de Homs-Bagdad-golfe Persique eût été la ligne la plus courte vers les Indes. Aussi pensait-on que, pour concurrencer — fût-ce à travers le désert — la fameuse voie allemande du Koniah-Bagdad, la France eût accepté qu'une partie de la subvention fût affectée à la ligne turque. Ce projet fantastique n'eut pas de suite.

Un Jeune Turc, du nom de Youssouf Saïd Bey, eut une idée plus raisonnable en demandant à la Turquie la garantie d'intérêt nécessaire. Ce fut Bernard Maimon qu'il chargea de trouver les capitaux et les appuis diplomatiques nécessaires pour faire réussir sa demande. Le projet évitait de heurter de front l'Allemagne. Tandis que le Bagdad allemand traverse la Mésopotamie pour longer la vallée du Tigre, le projet de Youssouf Saïd Bey, au sortir du désert de Syrie, longeait le cours de l'Euphrate. Il s'agissait de faire comprendre à la France l'intérêt qu'elle avait à étendre le rayon de ses lignes de Syrie. L'Angleterre qui n'a jamais dissimulé ses préoccupations exclusives pour la section de Bagdad au golfe Persique, devait trouver à la concession l'avantage de devancer les Allemands à Bagdad grâce à une construction rapide de la ligne.

L'opposition de l'Allemagne semblait écartée par le fait que le projet supprimait une demande de concession, plus gênante pour elle et liée par MM. Willcoks et Ornstein à un plan d'irrigation des plaines de Mésopotamie. On ménageait d'ailleurs un accord ultérieur avec les Allemands en réservant pour être construits en commun certains embranchements destinés à réunir les deux lignes. Mais surtout on estimait que toute opposition germanique tomberait si la France et l'Angleterre abandonnaient leur opposition à la nouvelle augmentation de 4 0/0 des droits de douane. A cette époque en effet, l'Allemagne n'avait point renoncé au privilège qui avait été concédé par le Sultan sur le produit de cette augmentation, pour le gage des emprunts nécessaires au Bagdad allemand. Combinaison paradoxale, qui faisait du consentement de l'Allemagne à la construction de la ligne concurrente la rançon du consentement franco-anglais au gage des emprunts de l'entreprise allemande. Sans parler de la question des droits de douane à laquelle elle ne pouvait manquer d'être sensible, la Turquie obtenait des avantages moraux, dans les modalités de l'accord financier.

Youssouf Saïd bey était riche d'appuis et de sympathies dans les milieux jeunes-turcs. Il connaissait leurs désirs et leurs ambitions, mais il n'avait pas le sou et il se heurtait aux revendications anciennes des puissances, aux droits acquis qui s'enchevêtrent partout en Turquie. Bernard Maimon s'était chargé de lui acquérir, dans des conditions satisfaisantes, l'argent et les appuis nécessaires. Il l'avait mis d'abord en relations avec un ingénieur anglais, M. Arthur Barry, et s'était chargé lui-même de chercher en France un groupe susceptible de s'intéresser à l'entreprise.

Les premières démarches ne furent pas heureuses. Le groupe anglais se heurta d'abord à une certaine froideur de la part du Foreign Office, et M. Maimon à un refus des sociétés de constructions auxquelles il s'adressa. Néanmoins, les négociations, activement poursuivies à Constantinople, se présentaient dans des conditions favorables, et Youssouf Saïd Bey en confirmait les résultats par une lettre du 15 mars 1910.

Lettre n° 1.
(en français). *Constantinople, le 15 mars 1910.*

M. Arthur Barry, à Londres,

Monsieur,

Son Excellence Houloussi bey a bien voulu me mettre au courant de la conversation qu'il a eue avec vous et avec M. Maimon durant la visite que vous lui avez faite hier avant votre départ.

Son Excellence vous a déclaré que nos deux projets ont été soumis par le Ministre des Travaux publics à ses collègues du cabinet et qu'on attend maintenant leur décision, quant à l'adoption de l'un ou de l'autre.

Son Excellence m'a également informé qu'il vous a demandé si vous seriez disposé d'accepter certaine modification dans la modalité touchant le service des obligations et de ce qu'il m'a fait entendre (que, d'ailleurs, M. Maimon m'a confirmé), il paraîtrait que vous n'avez élevé aucune objection de vous rendre sur ce point au désir du Gouvernement; d'autant plus, que si ce dernier préférait gager la somme nécessaire à ce service par d'autres revenus aussi sûrs, si même pas plus sûrs que ceux du chemin de fer, il n'a point l'intention de s'affranchir, dans l'exploitation de la ligne, des éléments qui lui auront servi pour la construction; mais qu'en suggérant cette formule, il est simplement inspiré par le désir de ne s'exposer à aucun reproche de la part de certaines puissances, pouvant faire valoir de *prétendus* droits sur le projet en question.

M. Maimon m'a fait part aussi de la seconde conversation qu'il a eue en votre présence avec M. Huguenin, directeur général de la Compagnie du chemin de fer d'Anatolie et de Bagdad. Je suis heureux d'apprendre que M. Huguenin a constaté qu'il y a lieu de combattre l'ennemi commun en les personnes de MM. Ornstein, Wilcocks, qu'il s'associe à l'opinion de M. Maimon, que le tracé du projet de ces messieurs est un empiètement sur les droits des concessionnaires allemands et que la demande de main-mise hypothécaire sur un demi-million d'hectares et que la libre disposition d'un autre million d'hectares à être répartis, suivant ledit projet, aux tribus arabes nomades, sont en contradiction avec les lois organiques de l'Empire, et que cette demande par elle seule, constitue une atteinte flagrante aux sentiments qui ont donné naissance au nouveau régime.

D'accord avec M. Maimon, je vous écris pour vous confirmer nos conventions précédentes et exprimer l'espoir que vous vous inspirerez de la conversation que vous avez eue hier, au Ministère des Travaux publics, lors de la conclusion de l'entente avec vos amis de Londres.

M. Maimon part pour Paris, pour s'assurer une maison de construction, afin de prouver à M. Pichon que l'industrie française sera intéressée dans l'entreprise. Si M. Pichon le désire, on pourrait même réserver à l'épargne française la souscription de la moitié du capital de construction.

Veuillez croire, cher monsieur Barry, à mes sentiments les meilleurs.

YOUSSOUF SAID.

M. Arthur Barry, rentré à Londres, avait aussitôt prié ses amis, Lord Brassey et Lord Ronaldshay, de tâter le Foreign Office. Sir Edward Grey fut aussitôt pressenti.

Lettre n° 2.
(en anglais).

Chambre des Communes.
*21—3—10*

Cher Barry,

J'ai eu un entretien avec Grey. Il m'a dit que Cassel était l'homme qu'il voudrait voir soutenir l'affaire d'Homs-Bagdad. Le fondateur de la Banque Nationale représente des intérêts financiers anglais d'un caractère permanent. Il ne pense pas que Cassel soit en aucune manière lié à Willcoks. Je lui ai dit que je croyais qu'il l'était et qu'en tous cas il passait pour l'être auprès des Turcs, et qu'il n'était pas « persona grata » auprès des Turcs pour le moment. Il me parla alors de Speyer comme pouvant faire l'affaire, mais ajouta qu'à son avis Cassel devait être sollicité d'abord.

Il m'exprima de l'incrédulité et quelque surprise au sujet de l'accord supposé entre Willcoks et Ornstein.

Je conclus de ce qu'il m'a dit que le gouvernement ici était bien plus disposé à revenir à un chemin de fer de Homs à Bagdad qu'il ne l'était lorsque je lui en ai parlé il y a quelques mois. Il m'a donné l'impression certaine que la possibilité de heurter les susceptibilités allemandes en cette affaire n'avait plus la même importance que précédemment. Je le lui ai dit.

En fait il s'est avancé jusqu'à me dire qu'il pensait qu'un chemin de fer comme celui de Bagdad devait être construit. Cela me semble un grand progrès sur son attitude antérieure. Il a été très satisfait qu'aucune garantie kilométrique ne soit demandée. Je pense qu'il est possible qu'il parle davantage dans une prochaine conversation, car il m'a dit qu'il désirait revoir les documents que posséde le Foreign-Office, au sujet du problème général des chemins de fer dans cette région.

Je vous tiendrai au courant.

Vôtre sincèrement,

RONALDSHAY.

Cependant, on se trouvait en présence d'engagements antérieurs pris par le gouvernement anglais envers la France. M. Barry en avertit aussitôt Maimon.

Lettre n° 3.
(en anglais).

2, Queens Anne Gate.
Westminster S. W.
*5 avril 1910.*

Mon cher Maimon,

Je ne pourrai pas être à Paris pour le 13 courant, car j'ai à faire une conférence l'après midi de ce jour. Je pourrai cependant, partir par le train de nuit, mais je devrai être rentré à Londres, pour le 18.

Je viens de rentrer du Foreign Office où j'ai eu une conversation avec sir Charles Hardinge.

La position est la suivante : ils ont promis leur appui au gouvernement français au cas où il demanderait une concession de chemin de fer, à condition que si le gouvernement français obtient la concession, il en offrira la moitié au gouvernement anglais. Hardinge estime que le gouvernement français a les meilleures chances d'obtenir la concession s'il la demande pour lui, car les Allemands, qui veulent son appui financier en d'autres matières, ne s'y opposeront pas, et que, d'autre part, comme le gouvernement turc aura à obtenir le consentement de la France à l'augmentation de 4 0/0 de douanes, cela vaudra la peine pour la Turquie de se rendre la France favorable, en lui accordant une concession.

Notre Foreign Office estime qu'en considération des intérêts que possèdent les Français dans le système des chemins de fer entre la Côte et Homs, ils ont des droits moraux à étendre leur système de chemins de fer vers l'intérieur. Je lui expliquai que c'était notre intention d'offrir aux Français une participation de moitié dans notre affaire et que nous offririons probablement la moitié ouest de la nouvelle ligne aux Français, gardant la moitié est pour le capital anglais.

Il nous engage vivement à faire nos propositions fermes au gouvernement français et m'a informé que si nous pouvons aboutir avec celui-ci, notre Foreign Office appuiera notre proposition.

Cela sera bon, je pense, pour montrer à Pichon, combien il est intéressant pour son gouvernement de nous appuyer dans notre projet, car la France obtiendrait tout ce qu'elle voudrait, et garderait la possibilité de négocier, avec l'avantage d'avoir quelque chose à donner à l'occasion de la proposition turque d'élever les droits de douane.

Toujours vôtre

A.-J. Barry.

Cependant Bernard Maimon a agi de son côté à Paris. Il a trouvé le collaborateur nécessaire en M. André Tardieu, qui a au quai d'Orsay ses grandes et ses petites entrées, et jouit sur le ministre d'une influence notoire. N'est-ce pas lui qui à plusieurs reprises est intervenu dans les négociations occultes avec l'Allemagne, en 1905, en 1908, en 1909? Il est impossible de trouver quelqu'un de mieux placé. On a d'ailleurs rapidement trouvé les bases d'un accord, et seules les ratifications restent à échanger :

Lettre n° 4.
(en anglais).

2, Queens Anne Gate
Westminster S. W.
*8 avril 1910.*

Mon cher Maimon,

Je vous envoie ci-joint une copie de la lettre que j'ai envoyée aujourd'hui à Lord Brassey. Comme Sir Edward Grey a exprimé il y a peu de temps le désir que nous intéressions Cassel à notre affaire, il sera nécessaire de changer la composition de notre groupe dans ce sens. Pour cela il sera naturellement nécessaire de se laisser guider par Grey. C'est pourquoi je ne peux pas vous envoyer des détails complets sur notre groupe, mais je le ferai aussitôt que possible.

En tous cas je suis prêt à écrire à M. Tardieu, pour offrir définitivement au gouvernement français une demi participation dans la construction du chemin de fer d'Homs à Bagdad, dans le cas où il appuirait la demande de Youssouf. Je vous ai écrit aujourd'hui pour vous demander de m'envoyer une copie de la lettre que Tardieu voudrait qu'on lui envoie et aussitôt reçue, elle sera écrite et envoyée. J'espère vous voir dans le courant de la semaine prochaine.

Toujours vôtre

H. BARRY.

*P.-S.* — Je vous envoie les memoranda concernant les points qui méritent considération dans l'accord des membres français et anglais du syndicat.

Dans une lettre du 8 avril, M. Barry revient sur la question de la concession demandée à Constantinople par M. Bompard pour la Régie générale des Travaux Publics, demande que le gouvernement anglais, consulté, a promis d'appuyer.

Lettre n° 5.
(en anglais). *Londres, 8 avril.*

Cher Lord Brassey,

Comme je vous l'annonçais, mardi dernier, en vous remerciant de votre lettre, j'ai eu une conversation avec Sir Charles Hardinge ce matin, au Foreign Office.

Sir Charles était sur le point de quitter Londres pour une quinzaine et n'avait pas beaucoup de temps à me donner. Il me dit que M. Cambon était venu le voir et lui avait demandé l'appui du gouvernement anglais pour une demande que son gouvernement projetait de la concession à la France d'une ligne d'Homs à Bagdad, dans la même région que celle demandée par Youssouf Saïd bey et à laquelle nous sommes intéressés. En considération de l'appui anglais, les Français seraient prêts à offrir à un groupe anglais une demi part du projet.

Quand Sir Charles vit M. Cambon, il n'était pas entièrement au courant de la concession de Youssouf Saïd bey, et il me semble qu'il n'avait pas bien compris que celle-ci était soutenue par des intérêts anglais. Dans l'esprit de Sir Charles, la coopération française était indispensable pour tout projet de chemin de fer de Homs à Bagdad, et il pensait que le meilleur arrangement serait que les Français fassent la moitié de la ligne à partir d'Homs et les Anglais l'autre moitié jusqu'à Bagdad. Je l'informai que des pourparlers étaient déjà engagés avec les Français et que nous étions prêts à leur offrir participation de moitié comme il le suggérait.

Voyant que les choses en étaient déjà là, il m'invita à traiter avec le gouvernement français, et m'autorisa à dire que si le gouvernement français était disposé à appuyer la demande de Youssouf Saïd bey, le gouvernement anglais en ferait autant.

Mais, d'autre part, il pense que si le gouvernement français fait une demande indépendante pour une concession, celle-ci aurait les meilleures chances d'être couronnée de succès car le gouvernement turc a des raisons de se le rendre favorable dans le but de s'assurer son consentement pour la proposition turque d'augmenter de 4 0/0 les droits actuels d'importation.

J'ai suggéré à Sir Charles que si le gouvernement français demandait la concession, il serait beaucoup plus facile de susciter une opposition allemande que si la demande était faite par Youssouf Saïd bey, qui est sujet turc. Sir Charles Hardinge n'était pas disposé à ce moment à agir en quelque manière ou à reprendre la conversation avec le gouvernement français, mais il préférait attendre les événements. Je déplorai qu'il prît cette ligne de conduite, car, dans les négociations avec le gouvernement français, l'appui avoué de notre Foreign Office eût été très avantageux. Je ne crus pas devoir insister sur ce point, notre conversation ayant déjà été longue.

Depuis lors j'ai reçu certaines lettres, dont ci-joint les copies, marquées 1, 2 et 3. Après avoir reçu les n$^{os}$ 1, 2 et 3, j'ai répondu à M. Maimon et je vous envoie une copie de ma lettre (n$^{o}$ 4).

J'ai vu Ronaldshay hier après midi à la Chambre des Communes, et il espérait voir Grey hier soir pour savoir s'il souhaiterait que nous demandions l'appui de Cassel. Je n'ai encore pas de nouvelles de lui au moment où j'écris, mais naturellement nous nous laisserons entièrement guider en la matière par Sir Edward. Ce matin j'ai reçu deux nouvelles lettres de Paris dont je vous envoie copies n$^{os}$ 5 et 6 et j'y répondrai aussitôt que j'aurai revu Ronaldshay, ce que j'espère faire aujourd'hui même.

Sincèrement vôtre,

A.-J. BARRY.

Lord Brassey, K. C. B., Normanshurst, Battle Sussex.

Les lettres que M. Barry transmettait à Lord Brassey étaient celles où Maimon lui rendait compte de ses démarches à Paris. Les choses du reste étaient assez avancées, ainsi qu'on peut en juger par la réponse que M. Barry adressait le 9 avril à Maimon.

**Lettre N° 6.**
**(en anglais).**

**2, Queens Anne Gate**
**Westminster S. W.**
***9 avril 1910.***

**Cher Maimon,**

**En relisant votre lettre à Tardieu en date du 28 mars, dans**

laquelle vous vous engagez à ne conclure définitivement avec aucun groupe, société ou personne, aucun engagement pour le transfert de la concession sans son approbation, je me trouve subitement placé devant un « *mur de pierre* ». La conséquence de cet accord est bien nettement que je n'ai pas pouvoir de prendre aucun arrangement avec un groupe financier, et que toute proposition que je ferais devrait d'abord être soumise à Tardieu pour être approuvée par lui.

Il est probable que votre entente avec Tardieu visait seulement la partie française de la ligne mais cela n'est pas précisé, et je suis obigé de m'arrêter court ici jusqu'à ce que ma position soit éclaircie.

Je n'ai pas montré votre lettre au Foreign Office, mais si je l'avais fait, il aurait été naturellement impossible à Grey de désigner aucun financier puisque sa nomination aurait du être soumise à l'approbation de Tardieu. Le seul moyen de sortir de cette impasse, est pour Tardieu de m'écrire, en me communiquant votre lettre et de déclarer que les conditions qu'elle contient s'appliquent au groupe français seulement, et que tous deux, lui et vous, reconnaissez qu'en ce qui concerne le groupe anglais tous arrangements sont laissés entre mes mains. Cela est très important et devrait être fait de suite, car j'attends une audience de Sir Edward Grey pour lundi matin. Je pourrai partir pour Paris jeudi prochain au matin ou, si c'est absolument nécessaire, mercredi soir, mais si le retour de Pichon n'est pas attendu à Paris avant le 15, il vaudra probablement mieux n'y aller que ce jour-là.

Envoyez-moi de vos nouvelles, car j'ai beaucoup d'engagements à prendre et ne veux rien conclure avant d'avoir eu de vos nouvelles.

Toujours vôtre,

A.-J. BARRY.

Maimon s'empressa de transmettre à M. Tardieu la demande de M. Barry. Il reçut le jour même, par pneumatique, une réponse rassurante.

Lettre n° 7.
(en français).

*Ce dimanche 10 avril.*
25, avenue de Messine.
5 heures.

Cher Monsieur,

Je suis allé à la campagne ce matin et je trouve votre lettre en rentrant.

Mon projet de lettre d'hier a du rassurer M. Barry. En tout

cas vous pouvez lui transmettre celle-ci qui précise la situation. Je serai très heureux de voir M. Barry jeudi. Ce sera utile de prendre contact. Toutefois je ne puis lui garantir que M. Pichon recevra ce jour-là lui et vous. Il est probable qu'avant de nous recevoir tous trois ensemble, il voudra avoir un rapport de M. Cambon, et il n'en aura pas jeudi.

Néanmoins, je crois que ce voyage à Paris de M. Barry est désirable.

S'il ne voit pas M. Pichon cette fois-là, il pourra sans doute revenir à l'heure ultérieure que le ministre fixera pour cette audience.

Sincèrement vôtre.

ANDRÉ TARDIEU.

A ce mot était joint la lettre suivante :

Lettre nº 8.
(en français).

*Ce 10 avril 1910.*
26, avenue de Messine.

Monsieur,

M. Maimon me communique votre lettre d'hier et je m'empresse d'y répondre.

L'engagement pris envers moi par Youssouf Said Bey et M. Maimon porte sur deux points :

1° Ne pas transférer la concession sans faire appel à la coopération française ;

2° Ne pas conclure avec un groupe français autrement que par mon intermédiaire.

Il est clair que vous gardez toute liberté pour constituer le groupe financier anglais, cela ressort du projet de lettre que je vous ai adressé hier soir.

L'engagement qu'il est nécessaire que vous preniez vis-à-vis de moi pour que j'aie antorité pour agir à Paris, ne diminue en rien votre indépendance dans la constitution du groupe anglais, cela résulte également du projet précité.

Vous vous engagez :

1° A me donner pouvoir de former le groupe français en vue de l'entente avec le vôtre ;

2° A ne pas conclure avec ce groupe sans mon concours.

Je pense que la difficulté que vous redoutiez n'existe pas, et je vous prie d'agréer l'assurance de ma haute considération.

ANDRÉ TARDIEU.

Sur les bases ainsi précisées, les négociations se poursuivaient activement, à Paris et à Londres : A Paris, on plaçait des parts de 25.000 francs de la Société d'Etudes. A Londres, M. Barry et ses amis restaient en communications constantes avec le Foreign Office.

Lettre n° 9.
(en anglais).

London 24, Park Lane. W.
*10 avril 1910.*

Cher Barry,

Je vous conseille vivement d'obtenir, si vous le pouvez, l'appui de sir Ernest Cassel.

Il ne paraît pas désirable d'agir avec les Français et contre les Allemands. Quelque *via media* doit être trouvée.

La ligue proposée doit être un pont entre la vallée de l'Euphrate et l'Asie-Mineure.

Toujours votre dévoué,

BRASSEY.

De son côté M. Barry, au reçu de la lettre de Tardieu, écrivait à Maimon :

Lettre n° 10.
(en anglais).

2, Queens Anne Gate
Westminster S. W.
*11 avril 1910.*

Mon cher Maimon,

Personnellement, j'approuve l'arrangement signé avec Tardieu, mais s'il est possible d'obtenir le consentement de Grey à cet arrangement avant que je le signe aujourd'hui, je le ferai.

Je vous envoie une copie d'une lettre reçue de Lord Brassey ce matin. Je compte partir par le bateau de jeudi après-midi.

Je vous écris à contre-temps, car j'ai une masse de gens à voir aujourd'hui. Pourtant, comme je dois vous voir bientôt, nous pourrons causer de tout cela quand nous nous verrons.

Toujours vôtre,

A.-J. BARRY.

Il restait cependant des problèmes délicats à trancher. On a vu paraître dans les interventions du Foreign Office l'intention de faire appel à sir Ernest Cassel, qui à ce moment même négociait avec les Allemands pour un arrangement d'où la France était exclue. Le directeur de la Banque Nationale de Turquie était alors en ardente concurrence avec la Banque Ottomane, et celle-ci se heurtait simultanément aux concurrences allemandes. Problèmes qui eussent mérité quelque attention de la part du quai d'Orsay. Mais il semble que M. Tardieu, fort de son ascendant sur M. Pichon, n'ait point jugé nécessaire de le consulter. Il se contenta de le mettre au courant dans les grandes lignes et pensa sans doute que cela suffisait.

Cependant l'idée d'une entente avec les Allemands préoccupait dès lors Maimon autant que M. Barry. M. Tardieu, fort occupé à combiner le consortium congolais de la N'Goko Sangha, n'y pouvait trouver à redire. Il ne leur parut pas cependant que l'on dût en aviser trop tôt M. Pichon. Nous verrons tout à l'heure que celui-ci n'était point pour s'en effaroucher.

Lettre n° 11.
(en anglais). *Paris, le 12 avril 1910.*

Mon cher Barry,

En prévision de quelque désir de la part des Anglais, du genre de celui exprimé par Lord Brassey, j'ai obtenu des Français d'admettre une extension de Deir à Alep dont la construction pourrait éventuellement être donnée aux Allemands, mais avec l'intention qu'elle ne doive pas être annoncée dès maintenant, et puisse être réservée comme quelque chose à leur offrir au cours ultérieur de l'affaire.

Il n'y aurait pas non plus de sérieuses objections à leur accorder de joindre leur ligne à l'un des trois points suivants, si pour des raisons aisées à deviner de leur part, ils ne désirent pas une jonction à Alep :

*a*) à Meskine, sur l'Euphrate, venant de Tarabulus, une station projetée de leur ligne de Killis à Harran ;

*b*) à Rakka, sur l'Euphrate, descendant de Harran le long du Belik

*c*) ou encore près de Abu Serai, au sud de Deir où le Khabur jette ses eaux dans l'Euphrate, et venant de Ras-el-Ain, une station projetée de la ligne de Bagdad entre Harran et Nisibin.

Il est évident que rien de tout cela ne peut être soulevé pour l'instant, nos opérations actuelles ayant pour objet d'obtenir du gouvernement français qu'il appuie les négociations de Youssouf Saïd Bey, et que par une coopération des gouvernements français et anglais il nous soit possible d'obtenir de meilleures conditions. Aussitôt que la coopération souhaitée aura été décidée et l'argent assuré, il n'y aura pas de raison pour que les intérêts allemands ne soient pas pris en considération et qu'un moyen ne soit trouvé pour les amener dans l'affaire. Toutefois, l'ouverture de la question en ce moment ne conduirait à aucun autre résultat que de leur montrer nos cartes et d'amener les Français à nous considérer avec suscipion. Avec tout le respect dû à l'opinion d'un personnage aussi important que Lord Brassey en ce qui concerne l'opportunité de ne pas agir contre l'influence allemande, opinion par laquelle nous devons certainement nous laisser guider, je ne peux oublier d'essayer de vous faire partager ma profonde conviction que tout essai de gagner les Allemands deviendrait fatal s'il était fait avant que notre position, actuellement en état de transition, n'ait été consolidé par :

*a*) une entente avec les Français,

*b*) la formation d'un groupe franco-anglais,

*c*) et que cette coopération soit portée à la connaissance du gouvernement turc.

Au reçu de votre lettre d'hier je vous ai immédiatement répondu comme suit : « L'embranchement de Deir à Alep réalisera le pont demandé, voyez la dernière carte envoyée ».

Comme je suis ignorant de la situation présente des négociations de Sir Ernest Cassel avec les Allemands, dans le cas où celles-ci auraient été reprises, après ce qui s'est passé, je ne suis pas en état de juger dans quelle mesure une ligne directe de Bagdad à la Méditerranée pourrait entrer dans son programme autrement que pour servir d'un tel « projet » comme d'un simple moyen de pression sur eux dans le but d'obtenir de bonnes conditions.

Je m'attends absolument à recevoir demain matin la lettre d'engagement à Tardieu, signée de vous.

Toujours vôtre

BERNARD MAIMON.

On voit que le jeu n'était pas des plus francs, et que M. Tardieu et M. Maimon se réservaient de ne faire connaître au ministère des Affaires étrangères que ce qu'ils jugeaient devoir être favorable à leurs intérêts. On peut mesurer ici, par la différence de l'attitude de M. Barry envers le Foreign Office, de l'inconvénient qu'il y a pour les ministres à utiliser pour des tractations d'affaires des hommes sans autorité, et qui sont plus soucieux de gagner une commission quelle qu'elle soit que de sauvegarder les intérêts nationaux qu'ils prétendent représenter. On en verra d'autres preuves au cours des pages qui suivront.

Cepèndant M. Tardieu avait demandé à M. Pichon de le recevoir avec M. Barry.

Lettre N° 12
(en anglais).

2, Queens Anne Gate
Westminster S. W.
*12 avril 1910.*

Mon cher Maimon,

Je suppose si je vous comprends bien qu'un rendez-vous a été pris pour moi, pour rencontrer Pichon à Paris ce vendredi. Je me suis arrangé pour arriver vendredi l'après-midi ou le soir. Je suis retourné aujourd'hui au Foreign Office, et j'y ai annoncé que je rencontrerai Pichon vendredi prochain et j'ai demandé qu'on me dise l'avis du gouvernement sur la maison financière que l'on préférerait voir intéresser dans cette affaire. On préfère toujours Cassel, mais on m'a suggéré qu'avant que moi ou eux en parlent définitivement à Cassel, je ferais bien de m'assurer si cette firme serait agréable à Pichon. Quand je verrai ce dernier, s'il n'a pas d'objection à Cassel, et d'une façon générale s'il approuve les propositions que nous allons lui faire, le Foreign Office ici recommandera notre projet à l'attention de Cassel. Vous voyez que notre gouvernement est maintenant bien préparé à appuyer sérieusement nos propositions, si, comme on l'espère, le gouvernement français les approuve.

Toujours vôtre,

A.-J. BARRY.

Cette lettre était accompagnée de la suivante :

Lettre N° 13
(en anglais).

2, Queens Anne Gate
Westminster S. W.
*12 avril 1910.*

Mon cher Maimon,

Comme suite à la lettre que je viens de vous écrire, j'écris la lettre proposée par M. Tardieu, mais en la modifiant pour la rendre plus explicite, d'accord avec vos engagements avec lui, en ce qui regarde la construction de la ligne, pour laquelle vous ne voulez prendre aucun engagement, en ce qui concerne la section française, avec aucune compagnie ou firme, sans son concours.

Une autre clause que je propose de changer est celle qui accorde définitivement la construction de l'embranchement sur

Alep à une entreprise française. On a considéré aujourd'hui au Foreign Office que la façon dont devait être construite cette ligne spéciale pouvait pour le moment être laissée de côté, parce que dans la mesure où il sera possible que la coopération allemande dans la construction de cette ligne, devienne désirable dans l'avenir, il peut être préférable pour cela, de ne pas se lier soi-même en ce qui regarde cette construction pour le présent. On a aussi fait remarquer que suivant la division du kilométrage proposée par M. Tardieu il n'y aurait que 280 milles construits par les Anglais, et que les 500 autres seraient réservés aux Français. Pour ce qui regarde l'embranchement d'Alep on suggère que, sous réserve d'un arrangement avec les Allemands, qui peut devenir nécessaire, sa construction soit divisée également entre la France et l'Angleterre.

Toujours vôtre,

A.-J. BARRY.

P.-S. — J'écris la lettre à Tardieu en anglais car j'ai beaucoup de difficultés à m'exprimer en français.

Ainsi l'entente avec l'Allemagne entrait de plus en plus dans l'intention du groupe anglais, et le Foreign Office y poussait pour sa part. Nous verrons que M. Bompard, qui lui, ne pouvait méconnaître l'opposition des intérêts français et allemands en Orient, dut refuser de s'associer à la politique à laquelle M. Pichon se laissait entraîner.

Celui-ci, en effet, stylé par M. Tardieu, acceptait de réserver l'embranchement de Deir à Alep à une collaboration allemande éventuelle. C'est ce que montre une lettre de Maimon en date du 13 avril :

Lettre n° 14.
(en anglais).

*Paris, 13 Avril 1910.*

Mon cher Barry,

J'ai vos deux lettres en date d'hier que j'ai communiquées à M. Tardieu et je vous ai envoyé le télégramme suivant :

« Tardieu accepte les deux modifications-stop-en acceptant l'attribution éventuelle de l'embranchement, il est exactement, (*duly*) inspiré par Lucien (Pichon)-*stop*- attendons votre arrivée vendredi ».

Lundi dernier, après avoir lu la lettre écrite par M. Tardieu pour que vous la signiez, M. Pichon a dit à M. Tardieu quelque chose dans ce sens : « Bien, ceci étant l'arrangement, je ne vois vraiment aucune objection à ce que vous trouviez le moyen d'introduire les Allemands dans la combinaison ».

M. Tardieu, en comparant cette « *sortie* » avec le langage qu'on vous a tenu hier au Foreign Office, est disposé à y voir une preuve indirecte que quelque manière de négociations se poursuivent actuellement entre les deux gouvernements, qui nous sont soigneusement cachées peut-être sans autre raison que de rester fidèles à leur habitude de jouer à cache-cache.

En considérant les choses d'ensemble, M. Tardieu est, je pense, arrivé à voir la position actuelle comme susceptible du programme suivant :

*a*) Votre lettre à lui;

*b*) Aller chez Pichon, disons samedi, pour lui présenter une copie de celle-ci et de la réponse de Tardieu, accompagnée d'une lettre signée de vous deux et adressée à M. Pichon dans le but que tous deux essayez de laisser aux deux gouvernements l'initiative de disposer de l'embranchement de Deir à Alep de la façon la plus favorable à leurs intérêts;

*c*) Envoyer à Sir Edward Grey la même déclaration signée de vous deux;

*d*) Envoyer une copie de la correspondance entre vous et M. Tardieu à M. Paul Cambon pour s'assurer de son bon vouloir;

*e*) Le Foreign Office, là-dessus, ferait la déclaration nécessaire à M. Cambon qui la transmettrait à Paris, ce qui permettrait à M. Pichon de déclarer qu'il est d'accord;

*f*) La formation définitive du groupe anglais par vous, du groupe français par M. Tardieu, et la construction du groupe anglo-français.

Les quatre premiers points peuvent être faits pendant votre présence ici samedi et dimanche.

Toujours vôtre,

BERNARD MAIMON.

On voit que M. Paul Cambon avait été jusque là tenu à l'écart des négociations, tant par M. Tardieu que par M. Pichon, qui semblait avoir complètement oublié les instructions qu'il avait antérieurement données à notre ambassadeur à Londres.

Il paraîtra d'ailleurs assez singulier que le Foreign Office ait suivi cette affaire sans en dire mot à M. Cambon, et, quelle que soit l'attitude correcte qu'il garda toujours officiellement, le ministère anglais paraît en cette occasion avoir escompté l'avantage de regagner directement sur M. Pichon, par l'influence de M. Tardieu, ce qu'il avait cédé à la demande antérieure de M. Cambon.

Lettre N° 15
(en anglais)

2, Queens Anne Gate
Westminster S. W.
*14 avril 1910.*

Mon cher Maimon,

Je vous envoie une copie d'une lettre du Foreign Office. Il est vraiment important que je ne le mécontente pas ; autrement il retirera son appui, qui promet d'être sérieux.

J'espère que vous avez maintenant arrangé une entrevue pour moi avec Pichon pour vendredi.

J'enverrai par la poste de ce jour, une lettre d'engagement à Tardieu par votre intermédiaire. J'approuve entièrement l'arrangement pour la ligne Deir Alep et ainsi a fait Lord Brassey lorsque je lui ai dit que nous ne faisions pas de difficulté à remettre à plus tard la décision finale au sujet de la construction de cette ligne, en vue de la nécessité possible d'en venir à un arrangement avec les Allemands. En même temps, je propose dans ma lettre à Tardieu que les conditions de construction de cette ligne spéciale soient réservées pour un examen ultérieur, et laissées à la décision des représentants des groupes anglais et français.

Toujours vôtre,

A. J. BARRY.

Lettre N° 16
(en anglais)

Foreign Office
*12 avril 1910.*

Cher monsieur Barry,

Une ligne pour vous dire que Sir Edward Grey approuve que vous traitiez l'affaire avec M. Pichon sur les bases dont nous avons parlé ce matin et qu'il sera heureux d'être informé du résultat.

Sincèrement vôtre

LOUIS MALLET.

En même temps M. Barry envoyait à M. Tardieu la lettre portant engagement définitif.

Lettre N° 17
(en anglais) *Londres, 13 avril 1910.*

Cher Monsieur,

Le gouvernement anglais m'ayant donné à entendre qu'il verrait favorablement une coopération anglo-française pour la construction d'une ligne à voie normale d'Homs à Bagdad et apprenant par ailleurs que M. Pichon avait demandé la même concession, mais vous, m'ayant déclaré d'autre part que ce n'était pas là une objection future au principe de la coopération franco-anglaise mentionnée ci-dessus, comme suite à nos précédentes communications, je vous fais une proposition ferme que je vous prie de porter à la connaissance du gouvernement français et aussi des financiers français invités à coopérer avec nous.

Pour plus de clarté je vous rappelle brièvement l'origine de l'affaire.

Une demande de concession a été faite les 15 et 26 mai 1909 par Youssouf Saïd Bey qui avait en vue la construction d'une voie ferrée de la Méditerranée au golfe Persique (1)...

M. Maimon s'est mis en communication avec mon groupe; eu vertu de ces pouvoirs et par une lettre datée du 10 décembre 1909, j'ai déclaré au gouvernement turc que certains amis de ma firme étaient disposés à procurer la somme de 160 millions de francs dans le but de poursuivre la construction de la voie ferrée envisagée dans la concession demandée par Yousouf Saïd Bey. Cette somme est considérablement supérieure à ce qui est maintenant nécessaire pour le projet de construction de la ligne qui est actuellement en vue et qui est, comme je l'ai dit plus haut, une ligne de Homs à Bagdad.

Youssouf Saïd Bey et M. Maimon ont pour leur part, en vue de la coopération franco-anglaise que, aussi bien que moi-même ils ont désiré depuis le début, pris un engagement avec vous de ne conclure aucun accord avec aucun groupe, compagnie ou personnalité française, en ce qui concerne le transfert des droits à obtenir par la concession proposée, en ce qui touche la section française de la ligne, sans votre consentement. A cela j'adhère et déclare qu'en vue de l'entente entre nous, en ce qui me concerne, je vous donne tous pouvoir pour former le groupe français et secondement je m'engage à ne faire aucun arrangement avec aucun groupe français sans votre approbation, cela étant en même temps accepté par vous, étant bien entendu que

(1) Nous ne donnons pas ici la partie historique qui est textuellement reproduite en français dans la lettre N° 20 adressée à M. Pichon depuis la 8e ligne jusqu'à la 36e, ci-dessous page 29.

vous prenez le même engagement envers moi, *mutatis mutandis* pour ce qui regarde le groupe anglais.

Dans le cours des négociations à Constantinople, négociations qui ne sont pas encore terminées, Youssouf Saïd Bey a posé certaines conditions générales, dont le détail ne peut être définitivement précisé avant que l'accord proposé entre les groupes anglais et français ait été complété.

Dès maintenant cependant les principes subordonnés à l'accord précités sont acceptés par mes amis (2)...

Telles sont les conditions générales que mon groupe accepte et auxquelles il est prêt à procurer la moitié du capital.

En mon nom et en celui de mes amis, je vous prie de porter les termes de cette lettre à la connaissance du gouvernement français et de lui soumettre nos offres définitives de coopération aux conditions ci-dessus avec un groupe français dans le but de mener à bien cette entreprise. Nous vous donnons en même temps pouvoir de former un groupe français avec lequel nous coopérerons et de lui soumettre nos propositions dont le détail sera maintenant à préciser d'accord avec lui.

Avec l'expression de mon estime, j'ai l'honneur d'être

Votre bien obéissant serviteur,

*Signé :* A.-J. BARRY.

M. André Tardieu, 26, avenue de Messine, Paris.

Dès lors l'entente était faite. Les lettres suivantes en témoignent.

Lettre n° 18. *Paris le 14 avril 1910.*
(en français).

Monsieur Tardieu.
26, avenue de Messine. Paris.

Cher Monsieur,

J'ai l'avantage de vous envoyer la lettre proposition de M. Barry ainsi que copie d'une lettre à lui du Foreign Office, datée le 12 courant, auxquelles j'ajoute une copie de la lettre de M. Barry à moi en date d'hier.

Vous m'obligeriez en m'accusant réception de la proposition et en m'envoyant en même temps votre déclaration d'accord adressée à M. Barry.

Bien sincèrement à vous.

BERNARD MAIMON.

---

(2) Les 10 paragraphes de cette entente sont également reproduits dans la lettre à M Pichon. (V. ci dessous, p. 29.)

Lettre nº 19. Ce *14 avril 1910.*
(en français). 26, avenue de Messine.

Cher Monsieur Barry,

M. Maimon vient de me remettre votre lettre d'hier.

J'ai l'honneur de vous en accuser réception, et de vous confirmer que j'en approuve pleinement les termes, aussi bien en ce qui concerne les bases générales de l'affaire Homs-Bagdad qu'en ce qui touche nos engagements réciproques relatifs à la formation des deux groupes français et anglais.

Veuillez agréer, cher monsieur, les assurances de ma haute considération.

ANDRÉ TARDIEU.

Ainsi le 15 avril tout paraissait terminé.

Le gouvernement Jeune-Turc obtenait la satisfaction de ne pas voir de garantie kilométrique figurer au contrat. Il est vrai qu'on lui demandait un intérêt de 4 1/2 0/0 pour tout le capital, ce qui est à peu près la même chose. Il paraît cependant qu'il attachait une grande importance à cette victoire d'amour-propre.

Les groupes français et anglais se partageaient la construction et la direction de la ligne. M. André Tardieu pouvait se croire déjà en possession du million qu'il s'était réservé à titre de commission et annonçait à tout le monde qu'il quittait la presse pour entrer dans la finance. Et il signait avec M. Arthur Barry ses propositions définitives à M. Pichon.

Lettre nº 20
(en français)

*Paris, le 15 avril 1910.*

Monsieur le Ministre,

Comme suite aux conversations que nous avons eues respectivement tant avec vous qu'avec sir Charles Hardinge et M. Louis Mallet, agissant conformément aux instructions de sir Edward Grey, nous avons l'honneur de vous adresser, par les présentes des propositions fermes en vue de la construction, par une coopération franco-anglaise, d'un chemin de fer ottoman, à écartement normal, avec embranchement de Homs à Bagdad.

Sachant que vous n'avez pas d'objection de principe à ce qu'il soit fait appel, pour l'exécution de ce projet, à la collaboration franco-anglaise, nous espérons que ces propositions, qui ont trouvé au Foreign Office un très favorable accueil sous réserve de votre haute approbation, vous sembleront acceptables.

Pour plus de clarté, nous nous permettons de vous rappeler brièvement l'origine de l'affaire.

Au mois de mai 1909, une demande de concession a été formée par Youssouf Said bey en vue de la construction d'une voie ferrée de la Méditerranée au golfe Persique.

Au cours des négocialions, dont cette demande a fait l'objet entre le demandeur et le Gouvernement turc, diverses modifications ont été apportées au projet primitif.

Dans l'état actuel, il s'agit d'une ligne à écartement normal, de Homs à Bagdad, se rattachant, à Homs, aux chemins de fer de Syrie; le Gouvernement ottoman réclame, en outre, un embranchement de Tadmore à Damas.

D'autre part, le Gouvernement turc a souhaité la substitution au système d'une concession proprement dite, avec garantie kilométrique, du régime qui sera exposé ci-dessous et qui a pour lui des avantages d'ordre intérieur et international sur lesquels il est superflu d'insister.

A la date du 17 mai 1909, Youssouf Said bey a donné à M. Bernard Maimon, sujet anglais, « le pouvoir exclusif et irrévocable de former des syndicats ou groupes, et, éventuellement des sociétés pour la réalisation de la concession qu'il a demandée » et s'est engagé à « reconnaître comme valables tous contrats que M. Maimon aura signés à cet effet ».

Youssouf Saïd bey, par l'intermédiaire de M. Maimon, s'est alors adressé à nous pour la réalisation de son projet. Ce projet ne pourra être complètement arrêté qu'après entente définitive du groupe anglais et du groupe français avec le gouvernement ottoman. Dès maintenant, cependant, les principes suivants sont acceptés par nous :

1° Le gouvernement impérial ottoman construira la ligne au moyen de la formation d'une Société franco-anglaise :

2° Cette Société, qui constituera le capital, sera chargée par le Gouvernement ottoman de la construction de la ligne et de son exploitation pendant un nombre d'années à déterminer d'accord;

3° Le Gouvernement ottoman assurera au capital tant d'actions qu'obligations un intérêt de 4,5 0/0 garanti par les recettes de la ligne. Si les recettes ne suffisaient pas, le Gouvernement ottoman s'engagerait à parfaire la différence en fournissant un gage à cet effet :

4° Le Gouvernement ottoman aura le droit de rembourser au pair les titres constituant le capital après un nombre d'annés à fixer d'accord ;

5° Jusqu'au remboursement total du capital par le Gouvernement ottoman, la ligne sera administrée et exploitée par la Société franco-anglaise, un commissaire ottoman en contrôlera la gestion au nom du Gouvernement impérial ;

6° Jusqu'au remboursement total du capital, les bénéfices réalisés, déduction faite de tous les frais d'exploitation et de l'intérêt à servir au capital, seront partagés entre le Gouvernement ottoman et la Société dans une proportion qui sera fixée d'accord ;

7° Ces conditions générales seront précisées et complétées par les deux groupes français et anglais, d'accord avec les cabinets de Londres, de Paris et de Constantinople ;

8° La Société sera constituée sous la loi ottomane, le président du conseil d'administration sera Français, le directeur général Anglais, les administrateurs Anglais et Français en nombre égal, sous réserve de la place qu'il y aurait lieu d'accorder dans le conseil à l'élément Turc;

9° En ce qui concerne la construction, la section Homs-Deir sera construite par l'industrie française. Il en sera de même pour l'embranchement Tadmore-Damas, que le Gouvernement turc demande qu'on construise. La section Deir-Bagdad sera construite par l'industrie anglaise. En ce qui concerne la construction de l'embranchement éventuel Deir-Alep, elle est réservée pour un examen ultérieur, et la méthode à suivre, en ce qui concerne cet embranchement, sera arrêtée d'accord par les groupes français et anglais. A cette exception près, tous les embranchements à l'ouest d'une ligne Nord-Sud passant par Deir seront réservés à l'industrie française, tous les embranchements à l'est de cette ligne à l'industrie anglaise;

10° Le matériel sera commandé par moitié à l'industrie anglaise et à l'industrie française.

Tels sont les points sur lesquels nous nous sommes mis d'accord en nous donnant réciproquement pouvoir pour la constitution des groupes français et anglais appelés à collaborer.

Nous vous serons reconnaissants, M. le Ministre, de nous faire savoir si vous approuvez ce programme, et dans le cas où il en serait ainsi, comme nous l'espérons, de vous concerter avec le Gouvernement anglais pour appuyer à Constantinople les négociations du groupe franco-anglais que nous constituerons définitivement dès que votre réponse nous sera parvenue.

Nous avons fait tenir par le courrier de ce jour copie de la présente à sir Edward Grey.

Veuillez agréer, M. le Ministre, les assurances de notre haute considération.

ANDRÉ TARDIEU.
A.-J. BARRY.

Le jour même cette lettre était transmise à Londres par M. Barry :

*Paris, 15 avril 1910.*

Cher Monsieur Mallet,

Ci-joint pour votre information une copie de la lettre à M. Pichon qui lui a été soumise cet après-midi et qu'il a approuvée.

Cette lettre signée par M. Tardieu et moi-même, sera remise par M. Tardieu et moi-même à M. Pichon demain matin.

Votre dévoué,

A.-J. BARRY.

* * *

M. Pichon avait donc donné son approbation à M. Tardieu et accepté son projet, du moins l'avait-il laissé croire. Retour de Londres l'affaire turque était sans difficulté reconnue française par le ministre des Affaires étrangères. Ni M. Cambon, ni M. Bompard n'avaient été avisés, et c'est entre M. Tardieu et M. Pichon que tout s'était réglé. En quelques semaines, par les soins habiles de M. Maimon, l'affaire aboutissait pour ses fondateurs à une combinaison fort ingénieuse que l'on peut résumer ainsi : la France, en échange de son adhésion à l'augmentation de 4 0/0 des droits de douane (gage des garanties kilométriques du chemin de fer allemand de Koniah à Bagdad), obtiendrait pour un groupe franco-anglais, la concession d'une ligne concurrente, mais infiniment moins avantageuse, et coulerait le projet Willcoks, dont la réalisation serait beaucoup plus désagréable au Bagdad allemand. Elle renoncerait au profit de ce groupe à la demande de la Régie générale de travaux publics, entreprise française en faveur de laquelle M. Bompard et M. Cambon avaient obtenu l'appui du gouvernement anglais et l'adhésion du gouvernement turc. Il fallait tout l'aveuglement du patriotisme de M. André Tardieu pour qu'il ne vît pas le rôle de dupe qu'on lui faisait jouer en échange de la promesse d'une commission de un million.

Dans ces conditions la visite que MM. Maimon, Barry et Tardieu firent le 16 avril à M. Pichon paraissait être une simple formalité.

Il reste de cette rencontre historique un récit officieux qu'ont signé MM. Barry et Tardieu. On verra que M. Pichon avait une opinion bien arrêtée au sujet des participations financières et en particulier ne voulait pas entendre parler de sir Ernest Cassel. Pour le reste, il est facile de retrouver dans sa bouche l'écho de la correspondance antérieure. M. Tardieu lui avait fait la leçon.

Memorandum n° 22
(en français)

Memorandum sur la conversation qui a eu lieu le samedi 16 avril, à dix heures du matin, au quai d'Orsay, entre MM. Pichon, Barry, Maimon et Tardieu.

MM. Barry et Tardieu remettent à M. Pichon la lettre ci-jointe (1) exposant l'arrangement relatif à une entente anglo-française pour la construction d'une ligne Homs-Bagdad.

M. Tardieu rappelle au Ministre l'origine de l'affaire et résume le projet qu'il lui a d'ailleurs lu la veille.

M. Pichon déclare qu'il approuve l'arrangement projeté, qu'il enverra immédiatement à M. Cambon la lettre à lui remise en l'invitant à voir Sir Edward Grey, de façon à établir une entente définitive sur l'arrangement proposé. Il enverra également le le projet d'arrangement à l'ambassadeur de France à Constantinople. Il partage l'avis de M. Tardieu que, l'accord une fois officiel, il conviendra que des instructions identiques soient données par Sir Edward Grey et par lui, aux ambassades d'Angleterre et de France à Constantinople, en vue de soutenir Youssouf Saïd bey.

Il ajoute que l'arrangement suggéré par MM. Barry et Tardieu est conforme aux intérêts français et anglais dans la partie de l'Asie à laquelle il s'applique et n'est en contradiction avec aucun droit ou intérêt étranger.

Interrogé par M. Tardieu sur le point de savoir s'il approu-

(1) Lettre n° 20, page 29.

verait qu'on eût d'abord recours à Sir Ernest Cassel dans la formation du groupe anglais, M. Pichon répond nettement que non. A son avis, il y aurait un grave inconvénient à procéder ainsi. Il n'a pas en vue d'objections relatives à la personne de Sir Ernest Cassel. Mais ce dernier, d'après ses renseignements, est déjà engagé dans certaines combinaisons inconciliables avec l'arrangement projeté. D'autre part, Sir Ernest Cassel n'est pas *persona grata* auprès du gouvernement turc. Il n'y a pas lieu de prendre à son égard pour l'avenir une attitude d'exclusion absolue, mais, dans la phase actuelle de l'affaire, il serait inopportun de s'adresser à lui.

M. Maimon fait alors observer qu'un des embranchements pour lesquels les Allemands ont obtenu, par le contrat de la Bagdadbahn, un droit de préférence va de El Badj (près de Bagdad) à Hit. Le projet Willcoks, d'irrigations, est lié à un projet de chemin de fer allant à Bagdad par Hit. Donc, pour appuyer le projet Willcoks (Ornstein), il faut s'entendre d'abord avec les concessionnaires de la Bagdadbahn. Sir Ernest Cassel est identifié avec le projet Willcoks et non avec le projet Youssouf Saïd bey, qui ne touche nulle part aux droits allemands. Par conséquent, en s'adressant à Sir Ernest Cassel, on donnerait à l'affaire un caractère tout différent en la subordonnant à un accord avec les Allemands.

M. Pichon a marqué qu'il comprend la valeur de cet argument s'ajoutant à ceux qu'il avait lui-même formulés.

L'entretien prend fin sur l'assurance renouvelée par M. Pichon qu'il va transmettre l'affaire à M. Cambon et l'inviter à voir Sir Edward Grey.

ANDRÉ TARDIEU.

A.-J. BARRY.

Le lendemain M. Tardieu notifiait à M. Bompard son accord avec M. Pichon et lui faisait tenir un résumé des négociations et les pièces justificatives, c'est-à-dire les lettres que nous avons publiées. On verra avec quelle désinvolture M. Tardieu s'annexe M. Pichon et Sir Edward Grey, qui, sous sa plume, deviennent les véritables initiateurs du projet de Youssouf Saïd Bey et de Maimon.

Lettre N° 23 (en français)

*Paris le 17 avril 1910.*
26, avenue de Messine.

Monsieur l'ambassadeur,

Vous serez, ces jours-ci, saisi par le Ministre, d'un projet relatif au chemin de fer de Homs-Bagdad, qui me paraît présenter un intérêt de premier ordre, et dont je m'occupe depuis quelques semaines d'accord avec M. Pichon et Sir Edward Grey. Je tiens à vous adresser dès maintenant des renseignements sur cette affaire à titre confidentiel et pour votre information. Si vous en désirez d'autres, je suis tout à votre disposition.

1° Sur l'origine de la question et sur le programme actuel, la lettre jointe N° 2 vous édifiera complètement.

2° Sur sa situation par rapport à M. Arthur J. Barry, les pièces 3 et 4 vous donnerons tous les renseignements nécessaires.

J'insisterai donc surtout sur les négociations qui ont lieu, tant à Londres qu'à Paris et sur les avantages que l'on attend du succès du projet.

*1° Avantages à attendre.*

Je n'ai pas besoin de vous exposer longuement les raisons qui rendent ce projet très intéressant et qui m'ont déterminé à vouloir le réaliser.

En premier lieu, c'est une occasion de donner à l'entente franco-anglaise, une application économique. Les occasions de ce genre ont été très rares depuis 1904, et il est curieux de remarquer que les accords économiques ont été plus nombreux en un an entre la France et l'Allemagne, qu'en six ans entre la France et l'Angleterre.

En second lieu, c'est une façon — et c'est la seule — de sortir, dans la question du Bagdad, d'une attitude négative et stérile pour prendre position et réclamer la part qui doit nous revenir dans le développement des voies transasiatiques.

En troisième lieu, une ligne franco-anglaise de Homs à Bagdad se rattachant aux lignes françaises existantes de Syrie augmentera la valeur de ces lignes, celle du port de Tripoli, et, d'une façon générale, notre trafic méditerranéen.

Enfin, dans les négociations auxquelles donnent lieu avec la Turquie l'augmentation des droits de douane, la France devait être amenée à demander quelque chose pour elle-même et, pour les raisons qui précèdent, la ligne de Homs-Bagdad s'imposait à son choix.

Je n'avais pas à insister d'ailleurs, sur ce dernier point, puisque, quelques semaines auparavant, le Ministre vous avait chargé de revendiquer pour la France, auprès du gouvernement turc, la concession de cette ligne.

### 2° *Renseignements sur le Groupe Anglais.*

M. Arthur J. Barry, neveu de Sir John Wolf Barry, que vous connaissez certainement, au moins de nom, est l'associé de son oncle dans de nombreuses affaires, parmi lesquelles je citerai Bombay Port-Trust, Chinese Central Railway Ltd, Shanghai Nanking Railway, Chinese Engineering and Mining Cy Ltd. Il est également à la tête du Southern Punjab Railway Cy Ltd., et du Jahore State Railway. Le Foreign Office est tout à fait favorable à sa personne. Lord Brassey et Lord Ronaldshay l'ont particulièrement recommandé à Sir Edward Grey.

D'autre part, les engagements qu'il a pris vis-à-vis de moi et qui me donnent *pouvoir exclusif* pour former le groupe français me permettront, grâce à mes relations, de la constituer dans les meilleures conditions politiques et financières. Ces engagements sont également approuvés par le Foreign Office et par M. Pichon.

### 3° *Négociations au Foreign Office.*

Il y a un mois Lord Ronaldshay à la demande de M. Barry a parlé à Sir Edward Grey de notre projet ; Sir Edward Grey a invité M. Barry à voir Sir Charles Hardinge à son retour du voyage que ce dernier allait faire. Mais après une nouvelle conversation avec Lord Brassey et sir Edward Grey, celui-ci considérant l'affaire comme urgente, invita M. Barry à voir Sir Charles avant son départ.

Dans l'entretien qui eut lieu aussitôt, Sir Charles Hardinge informa M. Barry de la conversation antérieur qu'il avait eue au sujet du Bagdad-Homs avec M. Cambon. Sir Charles approuva d'autre part nos propositions en vue d'une coopération franco-anglaise, en exprimant le désir qu'elles fussent approuvées par M. Pichon.

Le lendemain Sir Edward Grey, après une conversation avec Lord Ronaldshay, invita M. Barry, par suite du départ de Sir Charles Hardinge à voir M. Louis Mallet, sous-secrétaire d'Etat adjoint, qui prit connaissance de notre projet. M. Mallet promit à M. Barry d'en entretenir le soir même Sir Edward Grey.

Le 15 avril, M. Louis Mallet informa par lettre M. Barry que Sir Edward Grey approuvait le projet et qu'il aurait grand plaisir à savoir que M. Pichon l'approuvait, lui aussi.

D'autre part, j'ai eu des rapports directs avec le Foreign Office par l'intermédiaire de M. Tyrrel, secrétaire d'ambassade, chef du cabinet de Sir Edward Grey.

Le 31 mars, à ma demande, M. Tyrrel a interrogé sir Edward

Grey au sujet de notre projet. Celui-ci a déclaré qu'il verrait avec plaisir la coopération franco-anglaise s'établir.

Le 14 avril, M Tyrrel a confirmé cette approbation en ajoutant qu'il y avait intérêt à poursuivre rapidement, dès qu'on serait d'accord, les négociations à Constantinople, en ajoutant aussi que, d'après les renseignements du Foreign Office, l'Allemagne n'élèverait pas d'objections.

J'ajoute que certains articles de nos conditions ont été rectifiées sur les suggestions du Foreign Office.

### 4° *Négociations au quai d'Orsay.*

M. Pichon a été, dès le principe, favorable à nos propositions.

Le 16 avril, nous les lui avons, M. Barry et moi, officiellement communiquées, suivant la méthode même qu'avait approuvée, au nom de Sir Edward Grey, M. Louis Mallet.

M. Pichon nous a déclaré qu'il approuvait l'arrangement projeté ; qu'il enverrait immédiatement à M. Cambon la lettre à lui remise en l'invitant à voir Sir Edward Grey, de façon à établir une entente définitive sur l'arrangement proposé ; qu'il nous enverrait ensuite le projet d'arrangement et que, l'accord une fois officiel entre Londres et Paris, des instructions identiques seraient données par Sir Edward Grey et par lui aux ambassades d'Angleterre et de France à Constantinople en vue de soutenir Youssouf Saïd Bey.

Il a ajouté que l'arrangement suggéré par M. Barry et par moi était conforme aux intérêts français et anglais dans la partie de l'Asie à laquelle il s'applique et n'était en contradiction avec aucun droit ou intérêt étrangers.

### 5° *Observations diverses sur notre programme.*

Ce programme, dans ses lignes directrices, ne rencontrera pas, à ma connaissance, d'objections de principe de la part du gouvernement turc.

Je vous rappelle que Youssouf Said bey est membre du Comité Union et Progrès, et sous-directeur des Archives au Grand Viziriat.

Au point de vue de la réalisation franco-anglaise de l'affaire, deux observations sont à faire.

1° La clause que nous avons rédigée (pièce 2, page 6), pour les embranchements à l'ouest de Deir, réservés à la construction française (sauf celui sur Alep), peut être très intéressante à cause du raccordement projeté avec les voies ferrées égyptiennes.

2° A la demande du Foreign Office, la clause réservant pour l'avenir l'attribution de la construction de l'embranchement Deir-Alep, rend possible une entente ultérieure avec la Bagdadbahn.

D'après des renseignements concordants et de sources diverses, la Bagdadbahn n'est pas hostile à notre projet.

Elle le serait, en revanche, nettement et nécessairement, à l'égard du projet Willcoks-Ornstein, dont vous avez dû entendre parler, bien qu'il n'ait pas encore pris corps officiellement.

En effet, ce projet, à l'inverse du nôtre, met en cause les droits acquis de la Bagdadbahn. Vous savez qu'un des embranchements pour lesquels les Allemands ont obtenu par le contrat de la Bagdadbahn, un droit de préférence, va de El-Badj (près de Bagdad), à Hit. Or, le projet Willcoks, d'irrigations, est lié à un projet de chemin de fer allant à Bagdad par Hit. Donc, il ne pourrait être réalisé qu'avec le consentement de la Bagdadbahn qui, à nous, n'est pas nécessaire.

Il importe d'insister sur la différence profonde à cet égard des deux projets en question.

Une conséquence de ceci est que, sur l'avis formel de M. Pichon, nous n'entrerons pas actuellement, dans la formation définitive de notre groupe, en communication avec Sir Ernest Cassel, qui est lié au projet Willcoks et qui, d'ailleurs, n'est pas *persona grata* à Constantinople.

Notre projet est indépendant de tout autre, ne porte pas atteinte aux droits de la Bagdadbahn, et nous permet, d'ailleurs, de nous entendre ultérieurement avec elle.

Vous êtes, par cette lecture, Monsieur l'Ambassadeur, complètement au courant de la question. Je me plais à penser que vous partagerez à l'égard de notre projet, l'opinion favorable de M. Pichon et de sir Edward Grey.

On m'a dit que vous viendriez à Paris dans quinze jours. J'aurai donc l'honneur de vous voir, bien que, à ce moment, je puisse être amené à partir pour Constantinople avec M. Barry.

Je vous prie, Monsieur l'Ambassadeur, de croire à mes sentiments les plus distingués et les plus dévoués.

ANDRÉ TARDIEU.

De ce qui se passait au quai d'Orsay, rien n'échappait à M. Tardieu — ne doublait-il pas les renseignements qu'il devait à l'amabilité ministérielle de ceux que lui fournissait *la voie ordinaire* de M. Maimon? Dès le 17 il avisait M. Barry :

Lettre N° 24
(en français).

à M. Cambon.
26, avenue de Messine, Paris.
*Le 17 avril 1910.*

Cher Monsieur,

Je suis heureux de vous annoncer que la lettre que nous avons remise hier à M. Pichon ainsi que la lettre particulière que je lui avais portée vendredi et qui le renseignait sur vos entrevues au Foreign Office, ont été officiellement transmises hier soir par la poste à M. Paul Cambon.

En même temps, M. Pichon a profité du départ pour Constantinople de M. Goût, sous-directeur des Affaires d'Orient du quai d'Orsay, pour communiquer à titre officieux à l'ambassadeur de France à Constantinophle nos propositions.

Veuillez me croire, cher Monsieur, très sincèrement votre,

ANDRÉ TARDIEU.

M. A.-J. Barry.

***

## La question financière : Sir Ernest Cassel ou la Banque ottomane.

Les ambassadeurs de France allaient donc enfin être avertis des tractations poursuivies sous le patronage de M. Pichon. De son côté M. Barry poursuivait ses démarches et tenait M. Tardieu au courant par l'intermédiaire de Maimon. Il obtenait dès l'abord l'exclusion de sir Ernest Cassel, demandée par M. Pichon.

Lettre N° 25
(en français).

Monsieur A. Tardieu, 26, avenue de Messine, Paris.

Cher Monsieur Tardieu,

Je viens de recevoir la dépêche suivante de M. Barry, partie de Londres à 3 h. 50 :

« J'ai vu les officiels qui approuvent entièrement l'arrangement. Ils décideront la question financière mercredi. Sont d'accord pour exclure Ernest. Quand Tardieu traverse-t-il, voudrais arranger dîner. »

Je vous remercie pour les deux exemplaires du memorandum que j'envoie à Barry afin qu'il en renvoie un revêtu de sa signature. N'y aurait-il pas lieu que vous communiquiez à M. Pichon que le Foreign Office est d'accord d'exclure sir Ernest?

Bien sincèrement à vous,

BERNARD MAIMON.

Cette exclusion de Sir Ernest Cassel, qui préoccupait M. Pichon, était acceptée au *Foreign Office*, semble-t-il, d'autant plus facilement que l'autorité du roi Edouard VII malade cessait de se faire sentir en sa faveur. Toujours est-il que l'insistance de M. Pichon sur ce point témoigne que l'entente avec l'Allemagne n'était point autant dans ses désirs que M. Tardieu affectait de le croire.

M. Barry le 20 avril confirmait par lettre à M. Tardieu la déférence du gouvernement anglais aux demandes de M. Pichon.

Lettre N° 26
(en anglais).

2, Queens Anne's Gate
Westminster S. W.
*20 avril 1910.*

Cher Monsieur Tardieu,

Je suis allé au Foreign Office aussitôt rentré de Paris et j'ai vu M. Mallet. Je lui ai remis une copie de notre mémorandum sur ce qui s'est passé dans notre entrevue à Paris avec M. Pichon, et il m'a assuré qu'il approuvait entièrement tout ce qui a été fait. A propos de la question des concours financiers, notre Foreign Office est tout prêt à accepter les objections soulevées contre Cassel par M. Pichon. J'ai demandé s'ils avaient quelqu'un à nous proposer à sa place et ils ont demandé un ou deux jours pour réfléchir à la question ; après quoi ils m'en reparleront.

Je suis très heureux d'apprendre que je pourrai vous voir à Londres vendredi matin et je vous ai télégraphié ce matin pour savoir où vous pensez descendre. J'espère avoir votre réponse demain matin.

J'aurai le plaisir d'aller vous voir aux environs de 11 heures vendredi, et j'ai invité Lord Ronaldshay, Lord Brassey et Sir. J. Wolf Barry à déjeuner avec vous à une heure le même jour.

A 3 heures 30 du même après-midi, j'ai pris rendez-vous pour nous deux au Foreign Office.

Avec mes meilleurs sentiments.

Sincèrement votre,

A.-J. BARRY.

André Tardieu esq.

Maimon confirmait ensuite cette lettre à M. Tardieu :

Lettre n° 27
(en français)

M. A. Tardieu, 26, avenue de Messine, Paris.

Cher Monsieur Tardieu,

M. Barry vient de m'informer qu'on a fixé le rendez-vous au Ministère des Affaires Etrangères pour vous recevoir avec lui, vendredi prochain, à trois heures trente, que sa conférence avec ce département a été satisfaisante, et que nous pouvons compter sur son « cordial support ».

D'autre part, je viens de recevoir de Youssouf Said bey, avec la mention « Lu et approuvé ». copie de votre projet de lettre de Barry à vous, qui est devenu depuis la base de vos arrangements.

Je vais tout de suite envoyer ce document à M. Barry, suivant ma promesse.

Bien sincèrement à vous.

BERNARD MAIMON.

Le Foreign Office cependant ne se décidait pas à choisir définitivement le groupe anglais qu'il souhaitait voir substituer à Cassel.

Lettre n° 28
(en français)

2, quen Anne's Gate.
Westminster S W.
*2 avril 1910.*

Cher Maimon,

Sir E. Grey étant absent pour deux ou trois jours, le Foreign Office ne se soucie pas de formuler définitivement une proposition financière avant d'avoir reçu ses ordres ou de l'avoir vu, mais on lui a envoyé tous les papiers. Quand je les ai revus ce matin, on m'a dit que sous réserve de ce que Grey pourrait avoir à dire, on désire voir entrer les Rothschild dans la combinaison. Je suis donc encore obligé d'attendre jusqu'à ce j'apprenne du nouveau, ce qui peut durer quelques jours.

Je compte voir Tardieu demain et recevoir de vos nouvelles, Je pense qu'il me sera tout a fait impossible d'aller à Paris en tous cas pour 5 ou 6 jours. Quand partirez-vous pour Constantinople ?

Toujours votre,

A.-J. BARRY.

Cependant M. Pichon, qui paraît jusqu'alors s'en être tenu à l'approbation bénévole de toutes les paroles de M. Tardieu, mais qui s'était sagement réservé de toute manifestation irréparable semble sortir de sa prudente attitude. Il ne se contente plus, s'il faut en croire la lettre suivante d'une approbation générale des projets qui lui sont présentés, il intervient personnellement. Aux objections qu'il avait formulées contre sir Ernest Cassel, il substitue une suggestion directe :

Lettre N° 29. *Jeudi 21 avril 1910, onze heures.*
(en français).

Cher Monsieur Maimon,

M. Pichon m'a dit seulement ceci :

« Avant de vous lier avec un groupe français, je voudrais attirer votre attention sur l'utilité qu'il y aura sans doute à faire dans ce groupe une part à la Banque Ottomane. » J'ai fait des objections, et il m'a dit : « Je me mettrai d'accord avec vous sur la place à lui faire. C'est un établissement franco-anglais. Il serait difficile de l'exclure. Voyez à Londres ce qu'on en pense. »

J'en causerai avec M. Barry et au Foreign Office. En tous cas l'approbation, le support sont plus nets encore que samedi, et je pars à Londres très confiant dans le succès.

Sincèrement vôtre,

ANDRÉ TARDIEU.

M. Tardieu ne s'arrêta pas à ce que pouvait avoir de singulier la proposition de M. Pichon, de faire appel à la Banque Ottomane, établissement lié à la Régie générale des travaux publics, c'est-à-dire l'auteur même de la demande de concession d'Homs-Bagdad que concurrençait Youssouf Saïd bey. Il partait pour Londres confiant dans le *support* de M. Pichon. Il fallut déchanter.

*
* *

## L'opposition de M. Cambon ; l'attitude de l'Angleterre et le Bagdad-Golfe Persique ; les menaces de M. Tardieu.

M. Tardieu, en arrivant à Londres, fut fort étonné de ne pas trouver auprès de M. Cambon le même abandon qu'auprès de M. Pichon. Il se heurta à un projet très précis qui faisait d'Homs-Bagdad une affaire purement française. Il paraît étonnant que ce soit à ce moment seulement que M. Tardieu ait été prévenu. En effet, M. Pichon, en chargeant M. Bompard de présenter une demande française pour la concession d'Homs-Bagdad, avait témoigné du même souci de sauvegarder les intérêts français et de ne pas mettre notre influence à la remorque d'intérêts turcs, anglais ou allemands.

Nous avons, de l'entrevue avec M. Cambon, un récit de M. Tardieu lui-même.

Mémorandum N° 30
(en français).

Note sur les deux conversations qui ont eu lieu le vendredi 22 avril, entre M. Paul Cambon et M. Tardieu.

M. Paul Cambon a exprimé son étonnement d'apprendre que M. Pichon avait approuvé le projet à lui remis par MM. Tardieu et Barry ; il avait reçu, le matin même, une lettre particulière de M. Pichon, avec un post-scriptum disant : « Vous verrez Tardieu demain. Il vous donnera des détails sur la solution de l'affaire Homs-Bagdad, qui me paraît satisfaisante. »

Or, d'après M. Cambon, cette solution s'écarte de celle qu'il a préparée. Il a considéré toujours avec la pleine approbation de Sir Charles Hardinge que la ligne de Bagdad au Golfe serait purement anglaise, la ligne de Homs à Bagdad purement française. Il a été également admis que le capital français pourrait participer à la ligne Bagdad Golfe, que le capital anglais a été prévenu que cette participation n'impliquerait aucun contrôle sur la direction de l'affaire, pas plus au profit des Français dans le Bagdad-Golfe, qu'au profit des Anglais dans le Homs-Bagdad.

Dans ces conditions, l'association sur le pied d'égalité proposée par MM. Tardieu et Barry, pour la ligne Homs Bagdad, entre un groupe français et un groupe anglais, ne saurait être approuvée par M. Cambon. Il a conçu une affaire française et non pas une affaire franco-anglaise. Il a vu la veille, jeudi, Sir Charles Hardinge et il constate que le gouvernement anglais était toujours d accord avec lui sur les droits respectifs et exclusifs des Français à l'égard du Homs-Bagdad, des Anglais à l'égard du Bagdad Golfe.

M. Tardieu lui a répondu qu'étant lié vis-à vis de M. Barry par des engagements précis, il ne pouvait envisager aucune modification de programme établi d'accord et communiqué officiellement à M. Pichon. M. Tardieu a ajouté que, dès le premier jour, c'était bien le principe de l'association franco-anglaise qu'avait accepté M. Pichon. La veille encore, M. Pichon lui avait dit, avant qu'il ne partit pour Londres, qu'il approuvait la combinaison et avait simplement attiré son attention sur certaines formes accessoires de réalisation financière.

Après avoir été reçu par M. Mallet, M. Tardieu a revu M. Cambon, qui n'a fait aucune difficulté pour reconnaître la situation difficile que la divergence de points de vues existant entre lui et M. Pichon, créait pour MM. Tardieu et Barry. Il a exprimé l'espoir que la coopération franco-anglaise pourrait s'établir entre les deux groupes que représentent MM. Tardieu et Barry, mais en répétant qu'à son avis cette coopération ne devait pas être une association donnant aux deux groupes des droits égaux sur le contrôle et l'administration de l'affaire.

L'attitude du gouvernement anglais, qui avait encouragé les négociations de M. Barry, fut à ce moment des plus correctes. De même qu'il s'était incliné devant l'exclusion de Sir Ernest Cassel, M. Louis Mallet, au nom du Foreign Office, déclara que les engagements antérieurs de son gouvernement lui faisaient un devoir d'appuyer la combinaison française telle que la lui présenterait le représentant officiel de la France.

Memorandum n° 31
(en français)

Note sur l'entrevue qui a eu lieu au Foreing Office, le 22 avril 1910, entre MM. Tardieu, Mallet et Barry.

M. Tardieu expose qu'il a vu M. Cambon, et que ce dernier, n'est pas d'accord avec nos propositions. M. Cambon déclare que la France a un droit de priorité qui a été reconnu par l'Angleterre pour demander la concession de la construction de toute la ligne d'Homs à Bagdad et que Sir Charles Hardinge, parlant au nom du Foreign Office, a promis d'appuyer la demande de la France.

M. Mallet confirme cela et indique que de même que la France a approuvé la demande anglaise pour la construction du chemin de fer de Bagdad au Golfe Persique, l'Angleterre a approuvé la demande française pour la construction du chemin de fer d'Homs à Bagdad. Toutefois, il était entendu que si la France obtenait cette concession elle offrirait une participation à l'Angleterre. Il remarqua qu'il avait été surpris d'apprendre que M. Pichon acceptait de partager le chemin de fer de Homs-Bagdad avec l'Angleterre et qu'il se joindrait à elle pour appuyer la demande de concession de Youssouf Saïd bey.

Qu'en ce qui concernait le Foreign Office, il reconnaissait M. Cambon comme l'interprète de la France, et que pour l'instant, il pouvait seulement attendre ce que M. Cambon pourrait lui dire de nouveau après avoir vu M. Pichon.

M. Tardieu ensuite informa M. Mallet de ce que M. Pichon l'avait fait venir avant son départ de Paris pour Londres, jeudi lui avait de nouveau exprimé son approbation pour l'arrangement fait entre MM. Tardieu et Barry et qu'il avait suggéré à M. Tardieu que lorsqu'il aurait l'occasion de voir M. Mallet à Londres, il pourrait s'assurer des vues du Foreign Office, et savoir si celui-ci approuverait son idée de faire participer la Banque Ottomane dans le capital du chemin de fer. M. Mallet répondit qu'il serait bien temps de s'occuper de cela lorsqu'on aurait la concession. Qu'en aucun cas, il ne prévoyait de difficultés pour constituer le capital si la concession était assurée, et que pour le moment, en tous cas, l'affaire la plus pressante était de conclure avec le gouvernement français.

La parfaite correction de cette attitude, qui pourrait paraître en légère contradiction avec les encouragements accordés à M. Barry, s'explique de la façon la plus claire et la plus nette dans la lettre où M. Mallet, le soir même, précisait les motifs de sa froideur :

**Lettre N° 32**
**(en anglais).**

**Foreign Office.**
***22 avril 1910.***

**Cher monsieur Barry,**

**Je pense avoir exposé clairement notre attitude aujourd'hui.**

Mais pour éviter tout malentendu, je voudrais vous répéter ceci : Sir E. Grey a toujours admis que la ligne d'Homs-Bagdad devait être une concession française. Il serait naturellement enchanté si l'on pouvait arranger une participation anglaise, mais cela n'a jamais été posé en condition au gouvernement français. Nous devons donc traiter avec M. Cambon, et nous ne pouvons rien faire de plus avant qu'il ne nous parle de nouveau.

On a parlé de la section Bagdad-Golfe. Comme vous savez, nous avons un intérêt souverain dans le Golfe. Aussi est-ce cette ligne qui nous intéresse vraiment, et la question d'une participation étrangère n'a pas été examinée. Il vaudrait mieux laisser les deux questions séparées.

Veuillez communiquer cette lettre à M. Tardieu.

Sincèrement vôtre

LOUIS MALLET.

En un mot : obtenez des Français, si vous le pouvez, une part dans Homs-Bagdad, mais nous n'entendons pas de notre côté nous lier à eux pour Bagdad-Golfe Persique.

M. Barry en remerciant M. Mallet, le 23, lui disait :

Lettre N° 33
(en anglais)

2, Queens Anne Gate
Westminster S. W.
*23 avril 1910.*

Cher monsieur Mallet,

Je vous suis très obligé de votre lettre en date d'hier. Je crois que nous avions bien compris la situation dont vous parlez, mais je suis très heureux que vous me la rappeliez. M. Tardieu vient de me quitter, mais je lui envoie une copie de votre lettre, de façon qu'il soit sûr de l'avoir avant de voir M. Pichon, lundi.

M. Tardieu m'a dit qu'il avait vu M. Cambon de nouveau la nuit dernière et qu'ils avaient convenu de voir M. Pichon ensemble lundi.

Je dois être informé mardi par M. Tardieu du résultat de cette entrevue et je vous en donnerai communication, si je le peux.

M. Cambon a fait entendre à M. Tardieu que bien que considérant son propre arrangement comme plus favorable aux intérêts et au prestige de la France que celui que M. Pichon avait approuvé (*lisez le projet Maimon-Tardieu*), il pensait que, dans les circonstances présentes il ne serait pas bien difficile d'arriver à un compromis.

Avec tout le respect que j'ai pour l'opinion de M. Cambon, je ne puis m'empêcher de penser que si maintenant les Français font une nouvelle demande pour une concession purement française de toute la ligne d'Homs-Bagdad, en opposition à celle présentée par Youssouf Saïd bey avec qui les Jeunes-Turcs sont en sympathie et à laquelle les Allemands n'ont encore fait aucune opposition, il y aura des difficultés tant directes qu'indirectes, avec le résultat possible que toute la question soit retardée indéfiniment.

J'aurais soin d'attirer l'attention de M. Tardieu sur le fait que la question de la construction du chemin de fer de Bagdad au Golfe Persique doit rester séparée de celle du chemin de fer d'Homs-Bagdad.

Sincèrement vôtre

A.-J. BARRY.

Louis Mallet Esq. C. B. Foreign Office.

Et il communiquait aussitôt la lettre de M. Mallet à M. Tardieu descendu à l'hôtel Ritz en y joignant la copie de la note sur la conversation avec Sir Edward Grey et une coupure du *Telegraph* du 21 avril au sujet de l'attitude de l'Allemagne à l'égard de la Perse et de la Mésopotamie.

Lettre N° 34
(en anglais).

2, Queen Anne's Gate
Westminster S. W.
*23 avril 1910.*

Cher monsieur Tardieu,

Juste après que vous m'avez eu quitté ce matin, j'ai reçu une lettre de M. Mallet dont je vous envoie copie ci-joint. Je vous envoie aussi une copie de ma réponse pour votre information.

J'y ajoute deux copies de notre conversation avec M. Mallet au Foreign Office, hier. Si le memorandum est conforme à vos souvenirs, voulez-vous avoir l'obligeance de le signer et de m'en renvoyer une copie.

La coupure ci-jointe du *Telegraph* du 21 courant au sujet de l'attitude de l'Allemagne vis-à-vis de la Perse et de la Mésopotamie vous intéressera sans doute.

Votre bien sincèrement,

A.-J. BARRY.

M. Tardieu, Ritz Hotel, Piccadilly W.

Rentré à Paris M. Tardieu accusait réception de son envoi à M. Barry :

Lettre N° 35
(en français). *24 avril 1910.*
26, avenue de Messine.

Cher monsieur Barry,

J'ai reçu ce matin :

1° Votre lettre ;

2° La note sur notre conversation avec M. Mallet ;

3° La lettre que vous avez reçue de M. Mallet;

4° La lettre que vous lui avez répondue ;

Je vous envoie la note signée. Je montrerai la lettre de M. Mallet et votre réponse à M. Pichon demain. J'ai, d'autre part, dès ce matin, écrit à M. Pichon une lettre dont je vous envoie copie. Je vous adresse également le résumé de mes deux conversations avec M. Cambon.

Je ne manquerai pas de vous écrire le résultat de l'entrevue qui aura lieu entre M. Pichon et M. Cambon. Si, comme il est possible, j'assiste à leur conversation, je me maintiendrai, ainsi qu'il a été convenu entre nous deux, sur le terrain des propositions que nous avons remises au ministre le 16 avril dernier.

Veuillez me croire, cher monsieur Barry, très sincèrement votre

ANDRÉ TARDIEU.

Mais M. André Tardieu rentrait de Londres blessé et déçu. Il se résolu à frapper un grand coup et il écrivit à son cher ami M. Pichon, une lettre qui est un chef-d'œuvre de pression cordiale.

Lettre n° 36
(en français) *Paris, le 24 avril 1910.*

A monsieur Stéphen Pichon.

Cher ami,

Comme je vous l'ai télégraphié de Londres, je voudrais beaucoup vous voir demain matin lundi. Voici pourquoi :

Quand je suis parti jeudi après vous avoir revu le matin, la base sur laquelle j'allais négocier était nettement arrêtée : c'était celle d'une association franco-anglaise se mettant au service du gouvernement ottoman pour la construction de la ligne Homs-Bagdad. Ç'avait été, dès le premier jour, mon projet. C'est ce que vous aviez approuvé tant dans vos conversations avec moi qu'en recevant M. Barry. Les détails restaient à régler. Mais ce principe était acquis.

Or, j'ai trouvé M. Cambon sur un terrain tout différent. Il se déclare hostile précisément à ce principe. Il ne veut pas d'une affaire franco anglaise, mais d'une affaire française. Il estime que le fait d'avoir demandé la concession à Constantinople, domine la question ; que nous pourrons ultérieurement donner une petite part à des financiers anglais dans la souscription du capital, mais aucune part dans la direction et dans le contrôle de l'affaire. Il résume sa pensée en disant : Homs-Bagdad, affaire française, Bagdad-Golfe, affaire anglaise.

Il y a donc entre votre idée et la sienne une différence considérable. Cette différence a si vivement frappé le Foreign Office, à la suite d'une conversation qui a eu lieu jeudi entre M. Cambon et Sir Charles Hardinge que, quand j'y suis arrivé vendredi, M. Louis Mallet, sous-secrétaire d Etat adjoint, m'a dit : « Dans « ces conditions, nous ne pouvons pas nous entretenir utile- « ment de la réalisation. Il faut attendre que le gouvernement « français fixe définitivement son point de vue quant au prin- « cipe. Nous serions heureux que la participation franco- « anglaise s'établit. Mais nous n'avons pas à formuler de condi- « tions à cet égard. »

J'ai dit à M. Cambon et à M. Mallet, que lié vis à vis de M. Barry, je ne pouvais que maintenir mes propositions. M. Cambon a reconnu qu'il n'y avait pas pour moi d'autre attitude possible. Il ira vous voir demain.

Vous concevez combien j'ai été ennuyé de ce temps d'arrêt tant vis à vis de M. Barry et de son groupe que du Foreign Office.

Le projet qui vous a paru bon a le grand mérite d'exister. Au lieu d'une demande diplomatique de concession *in abstracto*, nous vous apportons une négociation commencée avec des bases précises, des avant-projets achevés, une possibilité d'exécution immédiate. Sans doute, l'affaire, d'après ce projet est franco-anglaise, et non purement française. Mais cette considération n'est pas, selon moi, de nature à la faire écarter. Et tel a été aussi votre sentiment.

Au point de vue turc, il y a, je crois, un avantage certain à marcher d'accord avec les Anglais : malgré la très grande correction du Foreign Office, il paraîtra peut-être désobligeant d'avoir accueilli avec faveur le principe de l'association franco-anglaise et de n'en plus vouloir aujourd'hui.

Votre point de vue diffère de celui de M. Cambon. Mais la conversation de demain est l'occasion de le ramener à votre opinion. Je n'ai pas besoin de vous dire combien j'ai hâte de savoir votre décision.

Je vous rappelle que Youssouf Saïd bey s'est lié non seulement vis à vis de moi, mais vis à vis de M. Barry. Il y a donc là un ensemble qu'il faut considérer en bloc si l'on veut aboutir.

Je passerai chez vous demain vers neuf heures un quart.

Veuillez me croire, cher ami, bien cordialement vôtre

ANDRÉ TARDIEU.

P.-S. — J'ajoute que, quelle que soit la valeur des arguments de M. Cambon, j'aperçois contre eux une objection capitale. L'attitude qu'il préconise, la concession demandée par la France seulement, nous placent dans une attitude d'isolement en face de la Turquie, et d'isolement que nous nous infligeons à nous-mêmes. S'il y a une opposition allemande nous la supportons seuls, en comptant sur un appui anglais difficile à déterminer. Si, au contraire, l'affaire est franco-anglaise, dès maintenant et complètement sur la base de notre projet, nous lions étroitement les Anglais à nous.

Remarquez, en outre, que pour leur section Bagdad-Golfe, les Anglais n'ont pas un absolu besoin que nous construisions Homs-Bagdad.

Ils ont déjà négocié avec les Allemands. Ces négociations sont interrompues, mais elles peuvent reprendre, et le jour où les Anglais seraient d'accord avec les Allemands, pour raccorder leur Bagdad-Golfe au Bagdad allemand, notre projet Homs-Bagdad aurait les plus grandes chances de ne jamais se réaliser.

En résumé donc, les inconvénients qu'il y a à agir seuls, à profiter de cette liberté d'action que nous laisse l'Angleterre et à laquelle M. Cambon attache tant de prix, sont très supérieurs à l'avantage financier d'être les maîtres exclusifs de l'affaire. Le Homs-Bagdad purement français, tel que le conçoit M. Cambon, me paraît appelé à devenir une jument de Roland. *Et, si vous vous décidiez à la solution qu'il recommande au lieu de celle que vous avez depuis un mois approuvée avec tant de raison, j'en viendrais à préférer l'abstention pure et simple recommandée par Victor Bérard.*

En droit, nous pouvons demander la concession sans les Anglais. En fait, nous ne viendrons à l'exécution que si nos intérêts sont liés étroitement aux leurs sur la base de l'égalité.

ANDRÉ TARDIEU.

## La transaction : soixante pour cent au groupe français, quarante pour cent au groupe anglais.

M. Pichon ne devait connaître que plus tard, au début de 1911, la valeur des menaces de M. Tardieu, et de son « *moi ou rien* ». Sur le moment M. Tardieu préféra sacrifier aux idées de M. Cambon les idées qu'il avait si généreusement attribuées à M. Pichon.

En même temps qu'il écrivait à M. Pichon sa cavalière mise en demeure, M. Tardieu se faisait adresser par Maimon la lettre suivante qui lui permettait d'aborder avec M. Pichon et M. Cambon l'étude d'une transaction :

Lettre N° 37
(en français).

*Paris, le 24 avril 1910.*

Monsieur André Tardieu,
26, avenue de Messine,
Paris.

Cher monsieur,

Je vous envoie copie des documents suivants :

1° Plan général ;
2° Profil en long ;
3° Devis estimatif des travaux et du coût de construction ;
4° Lettre de Youssouf Saïd Bey à M. Barry du 15 mars 1910 ;
5° Ma lettre à Mahmoud Chevket pacha, du 20 mars 1910. Cette dernière contient copie d'une lettre de Youssouf Saïd bey à S. E. Haladjiam Effendi, résumant les négociations que nous avons eues dans son département depuis le mois de mai 1909 et pour laquelle le ministère nous a délivré un récipissé en due forme.

Je vous fait remarquer que la toute première demande soumise par Youssouf Saïd Bey portait sur un tracé allant de Deir à Bagdad le long de la rive droite de l'Euphrate, en passant par Hit et Ramadi et ne traversait l'Euphrate qu'au kilomètre 910, près de Saklavie. Ce tracé ayant été considéré par le ministère, au courant des négociations, comme constituant un empiètement sur les droits accordés à la Bagdadbahn, nous avions dû le modifier et le ramener à sa situation actuelle.

Mes ingénieurs qui avaient mission de me constituer l'avant-projet ont continué leur travail sous mes premières instructions, et ce n'est que lorsque le ministère de la Guerre aura statué sur l'endroit où la ligne doit passer l'Euphrate sud de Deir, mais nord de Miadin (afin d'éviter la courbe que la rivière décrit entre ce dernier endroit et Anan) et que mon tracé actuel aurait été définitivement approuvé par ce département, que mes ingénieurs me livreront le travail sur le variant dans son projet entre Deir et Bagdad.

En soumettant demain à l'appréciation de M. Pichon ces plans et devis, vous devrez bien lui expliquer ce détail en attirant en même temps son attention au fait que ce changement dans le projet ne touche pas la partie de la ligne réservée à la France.

Afin de donner satisfaction au très distingué ambassadeur français à Londres, Youssouf Saïd Bey et moi n'aurons aucune objection à ce que la France contrôle la ligne en s'allouant, par exemple, la majorité des actions et en ayant trois membres français du conseil contre deux membres anglais, ou de toute autre façon qu'il lui plairait, ayant votre approbation, celle de M. Barry et du Foreign Office, à la seule condition que l'entreprise ait le caractère franco-anglais que nous cherchions de lui donner.

J'ai trop fait valoir aux Turcs la haute importance qu'aurait pour eux une entente anglo-française pour ne pas souhaiter d'éviter toute apparence d'isolement de l'un ou l'autre des pays en question par rapport à notre projet.

Dans d'autres mots, il ne faut pas que l'une ou l'autre des deux puissances se trouve seule devant les Allemands en Turquie, si elle désire que ses propositions anti-allemandes trouvent un bon accueil chez les Turcs.

Bien sincèrement à vous,

BERNARD MAIMON.

La combinaison franco-anglaise était, en effet, la seule chance que Bernard Maimon et M. Tardieu eussent de réussir à financer l'affaire en France. Une affaire purement française, entre les mains de la Banque Ottomane ou de la Régie Générale, se fut parfaitement passée de leurs services.

***

Le lendemain lundi, M. Barry écrivait à M. Maimon pour s'excuser de ne lui avoir pas envoyé le samedi le dossier du voyage de M. Tardieu à Londres. Comptant sur ce dernier pour mettre Maimon au courant des détails, il lui dit son inquiétude du résultat de l'entrevue entre MM. Pichon et Cambon.

Lettre n° 38
(en anglais)

2, Queens Anne Gate.
Wesminster Sw.
*25 avril 1910.*

Mon cher Maimon,

Je viens seulement de m'apercevoir que le dossier ci-joint ne vous avait été renvoyé samedi comme je le pensais. Il expose la situation autant que possible, mais les incidents soulevées lors de la visite de M. Tardieu à Londres, sont beaucoup trop compliqués pour essayer de les exposer par écrit. Nous avons pensé que le plus simple était de s'en tenir aux faits et qu'il vous verrait à son retour à Paris. Entre temps, vous avez dû être mis au courant de tout cela, et je suis anxieux de connaître le résultat de sa rencontre avec M. Pichon. J'ai été occupé par cette affaire samedi jusqu'au dernier moment, et j'ai eu juste le temps de prendre mon train.

Je suppose que vous n'irez pas maintenant à Constantinople aussi tôt que vous le pensiez. Pour l'instant, nos affaires dépendant du résultat de la rencontre entre M. Tardieu, M. Cambon et M. Pichon. Mais comme M. Tardieu a dû vous l'expliquer déjà, nous sommes lui et moi en complet accord sur la politique à suivre, sous réserve naturellement des modifications que vous pourriez lui suggérer.

Toujours vôtre,

A. J. BARRY.

M. Barry n'attendit pas longtemps.

Télégramme n° 39
(en français)

*Paris, 26 avril 1910.*
*9 h. 30 soir.*

Barry, 119, Saint-James Court London.

Sais officieusement que modifications demandées seront capital soixante pour cent français, quarante pour cent anglais — stop — cinq administrateurs français, trois anglais — stop — président français — stop — directeur exploitation français — stop — commandes réparties entre groupes en suivant proportion soixante et quarante pour cent — stop — Bernard (Maimon) me conseille proposer consulting engineer anglais — stop. —

Dois-je faire ainsi? — stop — Cela vous suffit-il — stop — jusqu'à nouvelle de vous, je réponds que je ne puis que vous transmettre propositions que connaîtrai officiellement demain. — stop — Lettre suit.

ANDRÉ.

***

## Les abandons de M. Pichon.
## M. Tardieu, président de la Société.

M. Tardieu confirmait le contenu de ce télégramme, par lettre, le jour même.

Lettre n° 40
(en français)

Ce mardi soir, 9 heures.
*Paris, 26 avril.*

Cher Monsieur,

Je sais officieusement et je saurai demain officiellement que les modifications demandées sont les suivantes :

Capital : 60 0/0 Français; 40 0/0 Anglais.

Président Français.

Conseil d'administration : 5 Français ; 3 Anglais.

Direction de l'exploitation (nommant le personnel) Français. Commandes réparties 60 et 40 0/0.

J'ai répondu à cette communication officieuse que lié vis-à-vis de vous je me bornerais à vous la transmettre quand on me la ferait officiellement, car je voulais à tout prix ne pas m'engager. Maimon me dit qu'à son avis la solution est de demander un conseil technique anglais.

Mais cela vous convient-il? Cela vous suffit-il?

Je vous prie de me télégraphier le plus tôt possible.

Tout à vous.

ANDRÉ TARDIEU.

Le 27, n'ayant pas reçu de réponse de M. Barry, M. Tardieu écrivait à Maimon en lui envoyant un projet de modification des conditions de l'accord.

Lettre N° 41
(en français).

26, avenue de Messine.
*Ce mercredi, 27 avril 1910, 6 h. 1/2.*

Cher Monsieur,

Je n'ai rien reçu de M. Barry. Outre le télégramme, je lui

avais envoyé hier une lettre explicative qui est partie par le train de 9 h. 15 du soir.

Aujourd'hui à 4 heures, je lui ai envoyé ceci par la poste. J'ai vu ce matin MM. Pichon et Cambon. J'ai demandé qu'on m'écrive officiellement, en réponse à notre lettre du 15 avril. On le fera. Les conditions ci-jointes peuvent dès maintenant être considérées comme exprimant les desiderata du Gouvernement français.

Le chiffre de la participation sera fixé par les groupes, sous réserve que l'élément français sera prépondérant.

En fait, je me placerai sur la base de 60 et 40 0/0.

Seulement, j'ai répondu que je réservais ma réponse jusqu'à ce que je sache l'avis de M. Barry et je serais bien désireux de le connaître.

Il est bien entendu que, si nous nous entendons avec le Gouvernement français sur les bases ci-annexées, il appuiera, aussitôt les groupes formés, la demande de Youssouf Saïd, cela avec le « support » du Gouvernement anglais.

Sincèrement vôtre,

ANDRÉ TARDIEU.

Monsieur Bernard Maimon.

A la lettre était annexé un nouveau projet dont nous ne reproduisons que les clauses qui diffèrent du premier état, qu'on a pu lire dans la lettre remise le 15 avril à M. Pichon par MM. Tardieu et Barry (p. 29).

Les modifications obtenues par l'intervention de M. Cambon étaient les suivantes :

Annexe n° 42 à la lettre de M. Tardieu, du 27 avril 1910.
(en français)

1° Le gouvernement impérial ottoman construira la ligne au moyen d'une société ottomane, constituée dans les conditions qui seront exposées ci-dessous (articles 8 et 9).

7° La Société sera constituée sous la loi Ottomane. Le Président du Conseil d'administration, faisant fonction d'Administrateur délégué, sera Français, le directeur général de l'exploitation (nommant le personnel), Français, les administrateurs français et anglais, dans la proportion de cinq français et trois anglais. Le directeur général de l'exploitation sera assisté d'un Conseil technique (consulting engineer) anglais.

8° Le capital de la Société sera fourni par deux groupes français et anglais, dans une proportion qu'ils détermineront d'accord, sous réserve que la prépondérance sera assurée à l'élément français.

9° Il en sera de même en ce qui concerne la construction et les commandes.

10° Les conditions générales seront précisées et complétées par les deux groupes français et anglais d'accord avec les cabinets de Londres, de Paris et de Constantinople.

Ainsi au projet « de M. Pichon », comme le disait M. Tardieu, et qui mettait le groupe anglais à égalité avec les Français, on substituait un projet plus français, encore que l'abandon de 40 0/0 de l'affaire d'Homs-Bagdad à l'Angleterre ne comportât aucune compensation pour la France, qui devait se contenter d'avoir satisfait les associés de M. André Tardieu, à défaut de quelque chose de plus substantiel, une participation éventuelle au capital et aux commandes de la section Bagdad-Golfe Persique par exemple.

M. Tardieu transmettait à M. Barry le texte de ces conditions nouvelles.

Lettre N° 43 26, avenue de Messine.
(en français). *27 avril 1910.*

Cher Monsieur Barry,

Après une conversation que j'ai eue ce matin avec MM. Pichon et Cambon, voici le texte qu'ils désirent voir adopter. J'ai répondu que j'allais vous le transmettre et que je ne pouvais rien répondre avant de connaître votre avis.

Aux articles 8 et 9 on préfère ne pas mettre de chiffres pour la proportion du capital et des commandes. On pense que cela regarde les deux groupes, mais je considère que ce sera 60 0/0 et 40 0/0. J'ai demandé qu'on m'écrive officiellement ce qui m'a été dit ce matin. Mais je ne pouvais avoir votre avis avant de recevoir cette lettre.

Yours sincerly,

ANDRÉ TARDIEU.

Les conditions prévoyaient à l'article 8 la prépondérance du groupe français, mais on renonçait déjà à fixer des chiffres, et on verra comment peu à peu cette prépondérance fut réduite à un minimum de pure forme.

L'attitude de M. Tardieu avait du reste été pleinement appréciée du côté anglais, ainsi qu'il résulte de la lettre suivante de lord Ronaldshay :

Lettre N° 44 (en anglais). 38, Grosvenor Street W. *26 avril 1910.*

Mon cher Barry,

Mille remerciements pour les papiers que vous m'avez envoyés. Tardieu me paraît s'être conduit extrêmement bien et avoir joué le jeu en dépit de la tentation qui s'offrait à lui de prendre avantage de la stupidité de notre F. O. et des revendications de Cambon. J'ai écrit à Grey vendredi dernier, en soulignant aussi violemment que possible combien le Foreign Office se montrait plein de déférence pour les ambitione étrangères et de mépris pour une entreprise anglaise, et combien cela est décourageant pour nos nationaux. Hardinge n'a aucune excuse pour donner si facilement et entièrement main libre à la France.

J'avais avisé Grey en décembre dernier qu'il était question qu'un groupe anglais puisse se trouver en bonne posture pour un projet de railway d'Homs à Bagdad et je lui avait bien fait comprendre alors que mon but était de connaître l'attitude que prendrait notre gouvernement vis-à-vis d'un tel projet et il ne m'avais pas dit un mot d'une demande française. Nous verrons ce qu'il en sortira. Je m'absente vendredi prochain pour trois semaines, je vous préviendrai à mon retour.

Votre sincèrement,

RONALDSHAY.

M. Barry, cependant, malgré le *loyal jeu* de M. Tardieu auquel Lord Ronaldshay rendait complètement justice, n'était point satisfait de la combinaison nouvelle imposée par M. Cambon. Et il s'en expliquait très nettement auprès de M. Louis Mallet, tandis que M. Tardieu, anxieux, se plaignait à Maimon du retard de la réponse anglaise (28 avril).

Lettre n° 45 (en anglais) 2, Queens Anne Gate Westminster S. W. *28 avril 1910.*

Cher Monsieur Mallet,

Je vous envoie pour votre information la copie d'une lettre que je reçois de M. Tardieu. Dans cette lettre, M. Tardieu expose le changement dans les conditions du contrat approuvé par M. Pichon, que ce dernier décide maintenant après sa récente entrevue avec M. Cambon à Paris.

Au lieu que la moitié du capital soit procuré respectivement par les financiers français et anglais, il propose maintenant que 60 0/0 soient procurés par les Français et 40 0/0 par les Anglais ; au lieu que le directeur général de la Compagnie anglo-française soit anglais comme il était entendu d'abord, il demande maintenant que le Directeur général soit français ; au lieu que les membres du Conseil soient pour moitié français et pour moitié anglais, il propose maintenant que cinq soient français et seulement trois anglais ; au lieu que la moitié du matériel soit acheté en France et la moitié en Angleterre, il propose maintenant que trois cinquièmes soient achetés en France et deux cinquièmes en Angleterre.

Il semble que les modifications proposées doivent faire que la Compagnie sera entièrement française au lieu d'anglo-française. Après avoir consulté mes amis, j'en suis venu à cette conclusion qu'il serait difficile de réunir un capital anglais pour une Compagnie purement française, et que si les termes substitués par M. Pichon à ceux qu'il avait acceptés jusque-là sont acceptés, les intérêts anglais seront pratiquement éliminés de la ligne. Nous proposons donc de demander à M. Pichon ou bien de rétablir la condition que le Directeur général soit anglais, ou d'accepter de diviser la ligne en deux sections dont les longueurs respectives soient comme 6 et 4, et dont la plus longue, reliée au chemins de fer de Syrie, soit entièrement construite par les Français et la plus petite par les Anglais. Après la construction, les deux parties seront réunies sous une même direction.

S'il se trouve qu'il est impossible d'arranger quelque chose dans ce genre, il sera nécessaire que Youssouf poursuive sa demande sans l'appui de la France. S'il réussit. — et après tout il a pour lui de n'avoir pas à compter avec l'opposition des Allemands, au moins si il se rend à leur suggestion de faire aboutir sa ligne à Alep, — selon ses arrangements avec moi, dont je joins une copie, le railway sera fait sous le contrôle anglais. Je pars aujourd'hui pour Paris, afin de conférer avec M. Tardieu.

Votre sincèrement

A.-J. BARRY.

On n'en vint cependant pas à une rupture et dès le lendemain 29 avril, MM. Tardieu et Barry adressaient à M. Pichon une nouvelle proposition, modifiée suivant les indications que nous avons données.

**Lettre N° 46**
(en français). *Paris, le 29 avril 1910.*

Monsieur le Ministre,

Au cours de la visite que nous avons eu l'honneur de vous faire le 16 de ce mois, pour vous remettre par écrit nos propositions en vue de la construction d'une voie ferrée de Homs à Bagdad, vous avez bien voulu, en nous exprimant votre sympathie pour notre projet, nous dire que vous alliez aussitôt consulter à son sujet l'ambassadeur de France à Londres et que vous feriez connaître ultérieurement la décision prise par le gouvernement de la République. Depuis lors, vous nous avez informé verbalement que, favorable au principe d'une coopération franco-anglaise, vous estimiez cependant que cette coopération devait être établie sur des bases qui assurerait à l'élément français la prépondérance dans la construction et l'administration d'une ligne dont la France a demandé la concession. Le Foreign Office nous a, d'autre part, fait connaître que, désireux de voir réussir la combinaison dont nous avions pris l'initiative, il avait toujours reconnu les droits de la France à l'égard de la concession d'Homs-Bagdad ; que partant, il n'avait jamais eu à formuler de conditions à son endroit et qu'il nous invitait à nous mettre au préalable d'accord avec vous.

Dans ces conditions, nous avons, après consultation de nos groupes respectifs, révisé dans le sens indiqué par vous les propositions que nous vous avions remises le 16 avril. Il ne vous échappera pas que ces modifications transforment dans une notable mesure notre première conception, et que nous avons fait tout ce qui dépendait de nous pour vous donner satisfaction.

Suit le texte du projet dont on a lu déjà les articles modifiés (p. 54, annexe n° 42).

Nous vous serions reconnaissants de bien vouloir nous confirmer officiellement l'approbation du gouvernement de la République à l'égard de ces conditions générales qui assurent à la fois, selon vos observations, la coopération franco-anglaise et la prépondérance de l'élément français.

Nous nous sommes assuré l'adhésion à ce projet rectifié de Youssouf Saïd Bey, demandeur de la concession.

Nous nous plaisons à compter que dès que vous aurez définitivement approuvé le programme que nous vous soumettons, vous ferez savoir au gouvernement ottoman que le gouvernement français appuie la demande de Youssouf Saïd Bey et désire que la voie ferrée de Homs à Bagdad soit construite par une société ottomane dans les conditions exposées ci-dessus.

Nous nous permettons d'insister sur l'intérêt qu'il y a à ce que cette communication au gouvernement ottoman, assurée de l'appui du gouvernement britannique, soit faite le plus tôt possible, et nous vous prions, Monsieur le Ministre, d'agréer les assurances de nos sentiments de haute considération,

ANDRÉ TARDIEU.
A.-J. BARRY.

M. Tardieu remit la lettre lui-même et il avisa M. Barry de sa démarche :

Lettre N° 17
(en français)

26, Avenue de Messine.
*Le 30 avril 1910.*

Cher Monsieur Barry,

J'ai remis hier à M. Pichon nos propositions rectifiées conformément à sa demande et exposées dans la lettre dont je vous ai laissé copie. Le ministre a paru les approuver pleinement, mais il m'a dit qu'il désirait, avant de donner à l'ambassade de France à Constantinople l'ordre d'appuyer la demande de Youssouf Saïd bey, prendre l'avis de M. Bompard.

Il lui a aussitôt télégraphié en lui indiquant qu'il nous avait demandé quelques changements à notre premier projet, que nous avions accepté ces changements et que lui, à son tour, approuvait d'accord avec M. Paul Cambon, nos propositions rectifiées. Il l'a prié de lui répondre d'urgence, afin que nous puissions continuer nos négociations financières.

J'espère qu'aujourd'hui ou demain la réponse de M. Bompard arrivera. M. Pichon soumettra alors notre projet au Président du Conseil et si, comme tout me permet de le croire, ce projet est alors définitivement approuvé, la démarche que nous demandons par notre lettre d'hier sera prescrite à M. Bompard.

Veuillez me croire, cher Monsieur Barry, très sincèrement votre

ANDRÉ TARDIEU.

Ainsi il semblait, en apparence au moins, que satisfaction avait été donnée à M. Cambon. Mais le sens de l'accord avait été précisé entre les intéressés, et on rendait en sous main aux Anglais ce qu'on leur reprenait officiellement. Le directeur général français était remplacé par un *consulting engineer* anglais, qui devait assister M. Tardieu, président du Conseil d'administration. Mais il paraîtra sans doute que la direction de ce dernier, au point de vue technique, ne pouvait être que platonique, et qu'on rétablissait ainsi, de façon détournée, le directeur général anglais écarté par M. Cambon. On a vu ainsi, dans l'affaire du consortium de la N'Goko Sangha, tourner les exigences du gouvernement français en déléguant les pouvoirs du Conseil d'administration à un Comité siégeant à Hambourg et en majorité allemand. Ainsi vont les choses lorsqu'en face d'hommes d'affaires étrangers, les ministres français ont la faiblesse de se faire représenter par des intermédiaires désireux avant tout de gagner leur mmission.

La lettre qu'adressait le 30 avril M. Barry à M. Mallet soulignait l'étendue des concessions qu'avait consenties la faiblesse de M. Pichon.

Lettre n° 48
(en anglais). *30 avril 1910.*

Cher Monsieur Mallet,

Je rentre de Paris ce matin et j'ai maintenant le plaisir de vous envoyer copie d'une lettre signée de M. Tardieu et de moi-même qui a été remise à M. Pichon la nuit dernière. M. Pichon a télégraphié la substance de ces nouvelles propositions à M. Bompard à Constantinople, et attend sa réponse; mais en ce qui concerne M. Pichon lui-même, il approuve nos nouvelles propositions et j'ai compris qu'elles ne rencontreront plus d'opposition de la part de M. Cambon. Bien que l'arrangement ne soit pas aussi satisfaisant que celui qu'avait originairement approuvé M. Pichon, il est je pense aussi bon qu'il était possible dans ces conditions et c'est une amélioration en ce qui concerne les intérêts anglais sur l'arrangement proposé par M. Pichon, après la récente entrevue avec M. Cambon.

La seule alternative eût été pour Youssouf Saïd Bey de continuer ses négociations malgré l'opposition française et sans doute anglaise. S'il avait réussi, son accord avec moi mettait le contrôle de la ligne dans des mains anglaises. D'autre part, il est probable qu'en présence de deux demandes faites en même temps au gouvernement turc, l'une par un sujet turc, l'autre par une puissance étrangère, l'affaire eût été suspendue indéfiniment et que l'on eût ainsi provoqué l'intervention d'une tierce partie. En somme, nous avons pensé que le mieux était donc de soumettre le compromis que vous trouverez ci-joint.

Vous remarquerez qu'au lieu d'insister pour que la proportion du capital soit fixée à 60 0/0 pour les Français et 40 0/0 pour les Anglais, M. Pichon convient maintenant que la proportion soit réservée pour un futur arrangement entre les deux groupes financiers pourvu que le capital français soit prépondérant.

M. Pichon n'a pas voulu rendre à l'élément anglais le droit de nommer le *general manager* (directeur général), mais il est maintenant proposé que la direction, au lieu d'être laissée au *general manager*, soit assumée par le Président du Conseil d'administration, assisté d'un *consulting Engineer* (ingénieur conseil) anglais. La proportion des directeurs anglais et français au lieu d'être de 5 à 3 est maintenant de 4 à 3.

Au lieu que les ordres pour la construction et le matériel soient attribués 60 0/0 pour les Français et 40 0/0 pour les Anglais, cette question est maintenant réservée pour être réglée entre les groupes anglais et français, et il a été proposé par exemple que les rails soient achetés en France et le matériel roulant en Angleterre.

Il est proposé que M. Tardieu remplisse les fonctions de Président du Conseil, et d'un bout à l'autre des négociations, il s'est si sincèrement efforcé de se tenir aussi strictement que possible dans les termes de son premier accord avec nous que, si tout va bien et que le chemin de fer soit construit, la présidence de M. Tardieu assurera de cordiales et harmonieuses relations entre les éléments français et anglais.

Je dois ajouter que l'idée de diviser la ligne en deux sections française et anglaise n'a pas rencontré l'approbation de M. Pichon.

A vous sincèrement, A.-J. BARRY.

***

## L'opposition de M. Bompard

M. André Tardieu se croyait d'autant plus sûr de réussir qu'il avait été lui-même à Berlin offrir le rameau d'olivier en échange de l'adhésion allemande à ses projets et qu'il négociait alors avec le vice-président du Reichstag, M. Semler, la cession effective de deux millions d'hectares de terre française, sous forme de consortium entre la N'Goko Sangha et la Société du Sud Cameroun. L'Angleterre avait obtenu plus qu'elle n'espérait et la complaisance de M. Pichon semblait certaine. La Turquie ne devait-elle pas se contenter de la satisfaction creuse de substituer la garantie d'intérêt à la garantie kilométrique?

Mais la réponse de M. Bompard arriva, négative. C'était le résultat des conversations de notre ambassadeur avec le gouvernement turc, à qui il avait demandé pour la France la concession d'Homs-Bagdad. La Turquie, on le comprend assez, ne se souciait pas de donner une garantie à un chemin de fer, concurrent de la ligne allemande, et qui, sans pour cela réussir à payer ses frais, n'eût pas manqué de diminuer les recettes du Koniah-Bagdad, de telle sorte que la garantie d'intérêt se fût perpétuée pour les deux lignes.

M. Tardieu et B. Maimon en furent fort troublés. Ils se préoccupèrent d'abord d'obtenir l'appui du Foreign Office.

Lettre No 49 (en français).

26, avenue de Messine.
*Le 7 mai 1910.*

Cher monsieur Barry,

Comme M. Maimon a dû vous l'écrire, nous sommes dans une nouvelle période d'arrêt par suite d'objections de M. Bompard portant, non plus comme celles de M. Cambon, sur les modalités de notre projet, mais sur le principe même de l'affaire et pouvant se résumer ainsi : les Turcs ne désirent pas qu'on construise le Homs-Bagdad. Cette ligne sera d'un rendement très médiocre et on n'obtiendra pas des Turcs une garantie.

M. Pichon, qui a quitté Paris jeudi pour une douzaine de jours, a prié M. Bompard de mettre ses objections par écrit et il a, je crois, l'intention de se consulter de nouveau à leur sujet avec M. Paul Cambon.

De mon côté, je prépare un rapport que j'achève de rédiger et qui répond à ces critiques. Je vous en enverrai copie en même temps que je l'adresserai à M. Pichon.

Il me paraît utile que vous montriez cette copie au Foreign

Office et que vous l'informiez de l'état actuel de la question. Il ne s'agit plus, en effet, de savoir quelle sera dans l'affaire la part de la France et de l'Angleterre, question sur laquelle les Anglais se croyaient tenus à une extrême réserve, il s'agit d'une opinion sur le fond même de l'affaire, sur sa valeur intrinsèque. Et, puisque les capitaux français et anglais doivent y être associés, il me paraît indispensable que le Foreign Office fasse savoir à M. Cambon s'il approuve le point de vue de M. Bompard ou si, au contraire, il est toujours d'accord avec nous.

Veuillez agréer, cher monsieur Barry, mes sentiments les plus dévoués.

ANDRÉ TARDIEU.

En même temps, M. Tardieu adressait à M. Pichon une longue réfutation des objections de M. Bompard, dans laquelle il reproduit du reste, presque textuellement, une lettre qu'il s'était fait adresser par Maimon le 5 mai. Il y faisait le plus large usage des arguments empruntés au projet de M. Willcoks. Et l'on peut se demander en le lisant si Youssouf Saïd bey, en sa qualité de gardien — peu fidèle — des archives turques, n'avait point documenté son projet aux dépens de celui de l'ingénieur anglais (1).

(1) Lettre N° 51
(en français). *Paris, le 5 mai 1910.*

Monsieur A. Tardieu, 26, avenue de Messine, Paris.

Cher Monsieur,

Dans un rapport du 10 octobre 1909 présenté au Ministère des Travaux Publics, Sir William Willcocks examine la situation actuelle de la Mésopotamie et propose, pour l'améliorer, différents travaux, parmi lesquels il place en première ligne la construction d'un chemin de fer reliant Bagdad à la Syrie et à la Méditerranée par l'Euphrate et Palmyre.

Les arguments que présente Sir William Willcocks en faveur de ce chemin de fer peuvent se résumer comme suit :

Les communications sont actuellement assurées entre Bagdad et le Golfe Persique par le Tigre et le Chat-el-Arab ? elles deviendront d'autant moins faciles qu'on détournera pour le service de l'irrigation une fraction de plus en plus importante du débit des fleuves. Mais il n'y a aucune urgence à doubler la voie fluviale de Bagdad au Golfe Persique par un chemin de fer.

D'ailleurs, l'amélioration des moyens de transports dans cette direction ne modifierait pas sensiblement les conditions économiques du pays, car les produits principaux du Delta ont leurs marchés dans la Méditerranée orientale et en Europe; les produits importés venant également d'Europe.

*La suite comme ci-dessus, p. 64, ligne 29.*

Lettre n° 50
(en français).

*Paris, le 6 mai 1910.*

Monsieur le Ministre,

Vous avez bien voulu me faire connaître verbalement les objections qu'élève notre ambassadeur à Constantinople contre le projet que j'ai eu l'honneur de vous soumettre d'accord avec M. Barry, au sujet de la ligne Homs-Bagdad. M. Bompard, de son côté, m'a exposé lui même ces objections. Les Turcs, d'après notre ambassadeur, ne désirent nullement construire cette ligne. Le trafic qu'on peut espérer sera des plus médiocres. Une garantie est donc indispensable. Mais les Turcs ne l'accorderont pas : d'une part, parce qu'ils manquent de ressources ; d'autre part, parce qu'il ne voudraient pas concurrencer le Bagdad allemand déjà garanti par eux.

Sur ces différents points, il me paraît nécessaire de répondre aux objections de M. Bompard : c'est cette réponse que vous trouverez ci-dessous.

Il convient d'abord d'observer que les critiques de fond formulées par l'ambassadeur de France à Constantinople se produisent aujourd'hui pour la première fois. Voilà plusieurs mois que la question Homs-Bagdad est agitée tant à Londres qu'à Paris. Ni au Quai d'Orsay, ni au Foreign Office, on n'a paru, au cours des négociations préliminaires, douter de l'intérêt de l'entreprise.

Il semble, d'ailleurs, *a priori*, qu'une voie ferrée destinée à faire partie d'une ligne qui constituera la route la plus courte de la Méditerranée au Golfe Persique présente des avantages évidents.

Le rattachement de cette ligne aux chemins de fer français de Syrie, dont nous avons jusqu'ici tiré un si médiocre résultat, augmente sa valeur proprement française. J'ajoute enfin que les rapports étroits existant entre elle et les projets anglais de Bagdad au Golfe lui prêtent, au point de vue franco-anglais, un intérêt particulier.

Peut-on soutenir, néanmoins, que cette ligne n'est appelée à aucun avenir ? Je ne le crois pas. Vous savez qu'un autre projet de chemin de fer de la Méditerranée au Golfe Persique, d'un tracé différent de celui que nous vous proposons, a été établi par Sir William Willcocks. Le rapport que ce dernier a adressé, le 10 octobre 1900, au Ministre ottoman des Travaux publics, contient des arguments qui s'appliquent plus fortement encore à notre projet qu'au sien, et dont je crois devoir rappeler ici les principaux.

On ne peut nier d'abord que les communications étant actuellement assurées par eau entre Bagdad et le Golfe Persique, par le Tigre et le Chat-el-Arab, c'est dans la direction de la Méditerranée et de l'Europe qu'il y a un progrès à réaliser. Un chemin de fer reliant directemend Bagdad à la Méditerranée permettra d'abaisser les frais de transport des marchandises à destination de la Mésopotamie. Il facilitera également le transit en provenance ou à destination de la Perse. Il sera utilisé par les pélerins musulmans de l'Asie centrale et de la Perse se rendant aux Lieux Saints de l'Islam. Il ouvrira enfin l'Irak aux voyageurs d'Europe et d'Amérique qui viendraient visiter Baalbek, Palmyre, Babylone, Ctésiphon et les autres antiquités de la Chaldée.

On prétend que, malgré cela, cette voie ferrée ne saurait être rémunératrice. A cette affirmation, je crois devoir opposer les arguments suivants :

La ligne projetée, avec un tracé qui ne comporte aucune difficulté, sera d'un prix de revient assez peu élevé. Dans son projet, Sir William Willcocks a pris pour base un chiffre kilométrique de trois mille livres turques environ, à peu près 70.000 francs. Les chemins de fer établis dans les plaines de la Hongrie dans des conditions de construction sensiblement analogues, n'ont pas coûté davantage. Nous avons, dans les calculs qui vous ont été soumis, prévu un prix kilométrique supérieur, afin d'être sûrs d'éviter les dépassements. Mais on peut affimer, avec le maximum de certitude, que le kilomètre ne coûtera pas plus de 80.000 francs.

Quant au trafic, même sans tenir compte de l'augmentation certaine qu'il accusera à la suite des travaux de mise en valeur de la Mésopotamie, on peut considérer que, dès la première année d'exploitation de la ligne, il serait assuré des éléments suivants :

1.000 pélerins de première classe;
2.000 pélerins de deuxième classe;
6.000 pélerins de troisième classe;
27.000 chevaux, bestiaux et buffles;
100.000 moutons, veaux et chèvres;
6.000 tonnes de grains;
600 tonnes de noix de Galles;
4.650 tonnes de laine;
500 tonnes de gomme;
2.500 tonnes de dattes;
1.200 tonnes de réglisse;

Sur cette base, la recette serait de 110.000 livres par an. Elle s'augmenterait du transport des voyageurs autres que les pèlerins, des importations de marchandises et du commerce local de station à station. C'est d'après ces éléments que Sir William Willcocks avait évalué les recettes brutes totales à 220.000 livres turques (1). Nous croyons que ces évaluations sont plus justifiées encore par notre projet que par celui de Sir William Willcocks.

Ce n'est d'ailleurs pas d'aujourd'hui que l'intérêt de la ligne qui nous occupe a été mis en lumière. Il y a plusieurs années déjà, M. Charles Cotard, ancien ingénieur en chef de l'entreprise du canal de Suez, s'en était fait le défenseur. Du rapport qu'il adresait au Sultan Abdul-Hamid, à ce sujet, j'extrais les passages suivants :

« Une œuvre aussi grande que celle du canal de Suez, et qui

---

(1) *La lettre de M. Maimon continue ainsi :*

... Mais ce résultat sera de beaucoup dépassé au bout de quelques années, même si on n'exécutait pas des travaux d'irrigation, et à plus forte raison dès que ceux-ci auront permis d'augmenter d'une manière considérable la puissance de production du pays en bétail, en céréales et en coton.

Dans le procès-verbal de la discussion qui a eu lieu au Ministère des Travaux Publics sur ce rapport, on fait remarquer que le prix kilométrique évalué par Sir William Willcocks, étant donné le caractère du pays à traverser, ne devrait pas être considéré comme faible, les chemins de fer établis dans les plaines de la Hongrie n'ayant pas coûté davantage.

Le Ministère approuve l'écartement normal 1 m. 44, d'abord parce que la ligne de Homs à Tripoli est prévue à voie normale de sorte que les marchandises pourraient être transportées de Bagdad à Tripoli ou vice versa sans transbordement ; et en second lieu « si « l'on construit la ligne projetée elle constituera pendant longtemps « la seule ligne de Constantinople à Bagdad, par Koniah, Alep et « Homs. Il n'y aura également intérêt à éviter le transbordement des « voyageurs à Homs. Si l'on veut que la malle des Indes suive ce « trajet, il sera indispensable de réaliser une grande vitesse com- « merciale et de réduire par conséquent les arrêts au minimum. Rien « n'empêcherait d'ailleurs de prévoir qu'un embranchement reliant « Damas à Palmyre et qui se raccorderait à Damas avec la ligne du « Hedjas, pourrait être construit à voie étroite sans inconvénient « puisqu'un transbordement dans cette direction est en tous cas iné- « vitable. Nous acceptons les chiffres donnés par Sir William Will- « cocks à la suite de son enquête sur place au sujet du trafic voya- « geurs (pèlerins) et marchandises. »

Le procès-verbal termine : « Si des propositions répondant à ce « programme étaient faites au Gouvernement par un groupe sérieux, « nous estimons qu'il y aurait le plus grand intérêt pour le dévelop- « pement de la Mésopotamie et pour le succès des travaux d'irriga- « tion projetés à les prendre en considération. »

Le procès-verbal est signé : Houloussi, Picard, Servicen, Yuldi, Willcocks.

*La suite comme ci-dessus.*

sera pour l'Empire Ottoman, une source de prospérité inépuisable, est à réaliser dans la Mésopotamie. C'est de mettre en communication le Golfe Persique avec l'Europe au moyen d'une voie ferrée allant de Bassorah par Bagdad et la vallée de l'Euphrate jusqu'à la rencontre des lignes venant de Constantinople et en même temps, de rendre à la culture, par un meilleur aménagement des eaux du Tigre et de l'Euphrate, les immenses territoires que traversent les deux fleuves... Cette ligne formera alors la grande artère de communication entre l'Europe et l'Extrême-Orient. Sa position géographique exceptionnelle à travers cet isthme continental en fera, comme cela s'est produit pour le canal de Suez, la route obligée des voyageurs et des marchandises qui auront intérêt à prendre la voie la plus rapide. Le transit du canal de Suez est d'environ huit millions de tonnes et d'à peu près 200.000 passagers (statistique 1894) quelque réduite que soit la proportion qui en sera dérivée, elle suffira pour assurer à la voie ferrée un revenu considérable. »

« La contrée traversée est une des plus peuplées et des plus fertiles de la Turquie : le blé y donne jusqu'à deux et même trois récoltes par an, les autres cultures, celles du riz et du coton, y donnent aussi des résultats surprenants. Le pays produit encore de la soie, des peaux, de la laine, du tabac, de l'orge, de la canne à sucre, du chanvre, du lin et des graines oléagineuses, des gommes, des oranges, des citrons, des légumes, des fruits de toutes sortes et nourrit plus de quatre millions de chevaux et de têtes de bétail. Il y a aussi des salines, dont une seule fournit annuellement plus de 15.000 tonnes. Le pétrole et le bitume abondent dans le bassin central de l'Euphrate. Sur la section sud de Bagdad et plus haut sur les deux rives de l'Euphrate s'étendent des plantations de palmiers qui alimentent un commerce de dattes considérable; plus d'un million de caisses, s'en expédient annuellement... D'immenses étendues de terrains marécageux peuvent être desséchées et assainies; d'autres peuvent être arrosées; le tout, moyennant une dépense qui a été évaluée à une trentaine de millions de francs ».

« Il y a là un élément de prospérité presque inépuisable d'où il sera possible de tirer les ressources nécessaires pour rendre à cette partie de l'Empire ottoman, si merveilleusement placée entre la Méditerranée et le Golfe Persique, et dotée de tous les dons de la nature, sa splendeur des temps passées et en faire une des plus riches contrées du monde entier » (1).

---

(1) La lettre se termine ainsi :
... Voici, cher Monsieur, ce que j'ai pu puiser à la hâte dans mes

Je crois donc qu'il est difficile de soutenir que la ligne de Homs à Bagdad ne présente pas d'intérêt. Toutefois faut-il penser que cette opinion défavorable soit celle du gouvernement turc ? A priori non, car la Turquie, dans les circonstances actuelles, ne peut que se féliciter de l'ouverture des voies de communications nouvelles augmentant l'unité de l'Empire. Les services que peut rendre à cet égard le Homs-Bagdad, complété par des embranchements, n'ont pas besoin d'être soulignés. En fait, le Gouvernement turc a toujours paru favorable aux projets qui tendraient à construire cette ligne.

Le procès-verbal de la conférence qui a eu lieu au Ministère des Travaux publics ottoman au sujet du projet Willcocks se termine ainsi : « Si des propositions répondant à ce programme étaient faites au Gouvernement turc par un groupe sérieux, nous estimons qu'il y aurait le plus grand intérêt, pour le développement de la Mésopotamie, à les prendre en considération ».

Ce procès-verbal est signé de Youloussi Bey, sous-secrétaire d'Etat au Ministère ottoman des Travaux publics.

En ce qui concerne le projet qui vous est actuellement soumis, il a également fait l'objet de nombreux entretiens entre le Ministère des Travaux publics, Youssouf Saïd Bey et M. Barry. Des modifications sensibles y ont été introduites à la demande du Ministère ottoman. C'est pour tenir compte des demandes du Ministère que le système de garantie exposé dans notre lettre du 15 avril a été substitué à celui de la garantie kilométrique. C'est également à la demande du Ministère qu'a été établie la forme de contrat que nous vous avons soumise, et qu'a été prévu l'embranchement de Palmyre à Damas.

Enfin, c'est le Gouvernement ottoman qui a exprimé sa préférence pour notre combinaison de garantie, l'estimant meilleure que les cessions de terrains prévues par le projet Willcocks.

Il paraît donc impossible de soutenir que le Gouvernement ottoman professe à l'égard de nos propositions, l'indifférence presque hostile que paraît redouter M. Bompard. Il est plus inadmissible encore de prétendre qu'il les ignore. Il en a du reste fait publier le texte dans le *Sabah* du 5 mars.

---

documents pour vous aider à établir la valeur de la ligne et l'opinion qu'en a le Gouvernement turc. Pour la question de la garantie ainsi que pour celle de l'approbation du tracé par l'Etat-Major je me permets de vous référer aux négociations et aux conversations conservées dans la correspondance avec les Ministères des Travaux Publics et de la Guerre respectivement, dont vous possédez copie.

Bien sincèrement à vous,

BERNARD MAIMON.

Au surplus, vous avez, M. le Ministre, répondu par avance aux objections qui se produisent aujourd'hui en prescrivant à notre ambassadeur à Constantinople de revendiquer pour la France un privilège au sujet de la construction du Homs-Bagdad. Bien que cette démarche soit très postérieure aux propositions de Youssouf Saïd bey, et n'ait, en raison de sa forme actuelle, qu'une portée plutôt théorique, il est clair que vous ne l'eussiez point prescrite à M. Bompard, si l'affaire ne vous eût pas semblé viable. Votre opinion confirme donc celle que nous défendons ici. Et la question de garantie, traitée dans ces conditions, en fonctions des négociations douanières, ne paraît pas insoluble. Permettez-moi, avant de conclure, d'ajouter à cet exposé quelques observations complémentaires.

Je crois tout d'abord devoir maintenir de la façon la plus formelle mes affirmations en ce qui concerne la faveur avec laquelle le gouvernement Ottoman a accueilli le caractère franco-anglais de nos propositions.

Je persiste également à penser que la Compagnie de la Bagdadbahn n'est pas, à l'endroit de notre projet, aussi hostile qu'on paraît le craindre de certains côtés. M. Barry dans son dernier séjour à Constantinople, il y a deux mois, a vu M. Huguenin et a rapporté de cette conversation, une impression favorable. D'ailleurs, sur les indications de Sir Edward Grey, pleinement approuvées par vous, nous avons réservé la possibilité d'un accord avec la Bagdadbahn (embranchement de Deir à Alep). Je vous ai déjà fait remarquer au surplus que notre trajet évite avec soin tous les points, Hit notamment, sur lesquels la Bagdadbahn pourrait invoquer un droit de préférence.

Je me permets enfin de vous répéter ce que j'ai eu déjà l'honneur de vous dire. La question n'est plus entière, Vous avez demandé à la Turquie de reconnaitre à la France des droits privilégiés au sujet du Homs-Bagdad. Il s'agit donc uniquement de savoir comment nous réaliserons les droits que vous avez revendiqués. Vous avez demandé le Homs-Bagdad et rien d'autre. Il ne s'agit donc plus d'opter entre des combinaisons différentes, mais seulement de déterminer comment nous tirerons parti de celle à laquelle, très justement d'ailleurs, vous vous êtes arrêté.

Nous n'avons par conséquent fait que nous placer sur le terrain choisi par vous en vous soumettant nos propositions, nos devis, le profil en hauteur et le plan kilométrique de la ligne, — travaux préparatoires qui donnent à nos offres un caractère de précision que vous avez bien voulu reconnaître.

Telles sont, Monsieur le Ministre, les principales observations que je crois devoir vous présenter dès maintenant. Il va de soi que si M. Bompard formule d'autres objections, et que vous vouliez bien m'en donner connaissance, je m'empresserai d'y répondre. Il importe, en effet, que toute incertitude disparaisse sur ces questions préalables, et que nous puissions, tous d'accord, assurer par une exécution prompte, le succès d'une affaire dont le principe a été approuvé dès le premier jour par vous et par Sir Edward Grey.

Veuillez agréer, Monsieur le Ministre, les assurances de ma haute considération.

ANDRÉ TARDIEU.

***

## Nouvelles faiblesses de M. Pichon.

La véritable objection à la construction de la ligne d'Homs-Bagdad, la seule que laissent toujours de côté les réponses de M. Tardieu comme celles de Maimon, ou de M. Barry, c'est l'existence de la ligne Koniah-Bagdad, qui suffira pendant de longues années encore au trafic de la Mésopotamie. Il fallait un aveuglement complet pour espérer de la ligne d'Homs-Bagdad un rendemend prochain et le seul motif avouable de son exécution eût été de jouer un mauvais tour à l'Allemagne aux frais de la Turquie. Mais la base du projet n'était-elle pas précisément d'obtenir la concession en échange du consentement de la France à l'augmentation de 4 0/0 des droits de douane, gage concédé d'avance à la ligne allemande de Bagdad ?

M. Bompard avait rencontré à Constantinople un parti-pris de compléter le réseau turc, *en vue des intérêts turcs*, et non pour servir les dessins cachés des pays voisins ou pour satisfaire les appétits des financiers et des journalistes. Il s'était rendu compte que la seule proposition qui pût être acceptée, du gouvernement ottoman, était celle de construire les lignes d'Asie-Mineure et de Macédoine nécessaires à la fois aux intérêts commerciaux et militaires de la Turquie, et il avait renoncé aux projets syriens qu'il avait à un moment donné suggéré à la Porte avec l'approbation de M. Pichon, peut-être même sur son ordre.

Mais cela ne faisait pas l'affaire de notre groupe. On vient de lire une lettre de M. Tardieu à M. Pichon. M. Barry en même temps, reprenait son action à Londres, et il en avisait M. Tardieu.

Lettre n° 52 (en anglais)

Dortmouth House, 2, Queens Anne Gate
Westminster S. W.
*10 mai 1910.*

Cher Monsieur Tardieu,

Je vous suis très obligé pour votre lettre et aussi pour la copie de la lettre que vous avez écrite à M. Pichon. L'attitude prise par M. Bompard m'étonne grandement, et les opinions qu'il formule sont entièrement opposées aux informations que j'ai pu obtenir lorsque j'étais à Constantinople. Si M. Bompard ne se trompe pas dans ses vues sur la présente attitude du gouvernement turc, tout ce que je puis dire est qu'il s'est produit un changement soudain d'attitude de sa part. Comme vous le comprendrez facilement, dans les circonstances présentes (1) le *Foreign Office* est tellement occupé qu'il sera bien difficile d'obtenir un rendez-vous en tous cas avant les funérailles et le départ de la plupart des hôtes royaux. Pour l'instant toutefois, j'ai écrit à Mallet. Et je vous envoie copie de ma lettre pour votre information.

Sincèrement votre

A.-J. BARRY.

M. André Tardieu, 26, avenue de Messine.

L'idée de M. Barry était d'agir directement à Constantinople, par l'intermédiaire des amis de Youssouf Saïd Bey, très influents au Comité Union et Progrès et de reprendre, indépendamment des gouvernements à qui il ne demandait plus que leur neutralité, l'action interrompue. C'est ce qu'il expliquait à M. Mallet.

Il paraîtra sans doute que s'il avait des illusions sur le pouvoir de ses associés turcs, il n'en avait que fort peu sur la valeur économique de la ligne projetée.

---

(1) Le roi Edouard VII venait de mourir.

Lettre 53 *16 mai 1910.*

Cher Monsieur Mallet,

En rentrant d'une absence de quelques jours, j'apprends que M. Bompard, au cours d'une conversation avec M. Pichon à Paris, a élevé une nouvelle série d'objections à notre projet d'Homs-Bagdad, ces objections étant, à ce que j'ai compris, de nature économique et non politique. Pour les résumer, ce sont les suivantes :

(1) Que la ligne de Bagdad ne paiera pas ;

(2) Que les Turcs n'ont besoin que d'une ligne vers Bagdad savoir la ligne allemande qui est la seule qui ait une valeur stratégique ;

(3) Que les Turcs ne donneront jamais une garantie pour une ligne qui court parallèlement à une ligne déjà garantie par eux ;

(4) Que les Turcs ne permettront jamais aux Anglais de mettre le pied en Mésopotamie, ou de construire un chemin de fer de Bagdad au Golfe persique ;

(5) Que les Allemands s'opposeront vivement à un chemin de fer français d'Homs à Bagdad.

Naturellement, si toutes ces objections étaient fondées, la ligne ne serait jamais construite et cela mettrait fin à la question. Mais, d'autre part, si Youssouf bey et ses amis étaient assez fous pour continuer leurs négociations pour la concession demandée, on ne peut supposer qu'une chose *(one can only assume)*, c'est que si les vues de M. Bompard sont acceptées par le gouvernement français, ce dernier adoptera une attitude de tolérance amicale vis-à-vis de Youssouf.

Si par hasard, il réussit, ce sera de beaucoup le mieux pour les intérêts français et, en l'espèce, aussi pour les intérêts anglais. Si, d'autre part, il échoue, cela confirmera les prévisions et il n'en résultera nul dommage.

Mais, pour ma part, je partage avec Sir William Wilcoks, M. Cotard et d'autres, qui parlent d'après leur connaissance personnelle de la contrée, la ferme croyance que M. Bompard professe une vue injustement pessimiste sur l'avenir d'un chemin de fer d'Homs à Bagdad.

(1) Si la ligne est construite, je pense bien que la première, la seconde ou même la troisième année après son ouverture, on ne peut attendre un lourd trafic; mais je suis convaincu qu'étant données les facilités de transport et le débouché sur la Méditerranée, non seulement la Mésopotamie se développera rapidement,

mais même presque toute la région desservie par la ligne (1).

Dans le principe d'ailleurs, il sera nécessaire d'adopter le système américain et de construire la ligne au meilleur marché possible et de la mettre progressivement en mesure de répondre aux exigences du développement du trafic. Si l'on fait cela, je ne vois pas de raison pour que la ligne ne puisse être construite pour 4.000 livres (100.000 francs), par mille, ce qui, pour la section entre Homs et Bagdad, mettons 500 milles, représente une dépense de 2.000.000 de livres (50 millions de francs). Pour l'intérêt de l'argent pendant la construction, mettons 200.000 livres, mettons encore 100.000 livres pour les dépenses imprévues, le capital total sera de 3.300.000 livres (82 500.000 francs).

Or, Sir William Willcoks estimait les recettes brutes de la ligne immédiatement après son ouverture à 220.000 livres, et si j'établis les dépenses d'exploitation à 50 0/0 des recettes brutes, le profit serait de 110.000 livres, suffisant pour payer 4 3/4 0/0 du capital.

Mais à supposer même que les recettes de la ligne même ne s'élèvent pas aux prévisions de Sir William, le gouvernement turc n'y perdrait pas. Si l'on compte les avantages qu'il trouvera à la construction de la ligne, par l'élévation des recettes locales et si on considère l'avenir, c'est-à-dire quelques années après l'ouverture de la ligne, il ne peut y avoir de doute que la ligne paiera suffisamment.

(2) En ce qui concerne la seconde objection, savoir que les Turcs ne désirent pas voir construire la ligne d'Homs à Bagdad, et qu'elle n'a pas d'intérêt au point de vue stratégique, je ne peux dire qu'une chose, c'est que cette affirmation est contraire à toutes les informations que j'ai obtenues au même moment à Constantinople.

(3) En ce qui concerne l'objection n° 3, savoir que les Turcs ne donneront jamais la garantie demandée pour le chemin de fer d'Homs à Bagdad : comme je vous l'ai déjà dit, je crois, lorsque je suis arrivé pour la première fois à Constantinople, j'ai trouvé que les conditions financières proposées par Youssouf Saïd bey dans la demande de concession, étaient dans le sens d'une garantie kilométrique. J'y ai fait objection et proposé à la place ce que je puis appeler les conditions du chemin de fer

(1) Il est bien difficile d'avouer plus clairement que la ligne traverse des pays actuellement déshérités. Quant aux espérances de M. Barry, elles sont partagées par les Allemands, mais elles se réaliseront plutôt en Mésopotamie que dans le désert de Syrie, ce ne sera sans doute ni en un an ni en trois.

de Shanghai à Nankin, avec cette différence, savoir que les intérêts garantis par la Turquie ne seraient que de 4 1/2 0/0 au lieu de 5 0/0 garantis par le gouvernement chinois dans le cas de la ligne de Shanghaï à Nankin. Cette nouvelle suggestion fut communiquée au département des Travaux publics, qui conformément à mes avis, s'entendit avec le ministre des Finances, qui appuya vivement la suggestion, et, en fait, insista pour son adoption. Par suite, lorsque je fus moi-même appelé au ministère des Travaux publics, on me demanda si, au cas où pour des raisons politiques, on nous proposait de substituer aux recettes de la ligne d'autres revenus comme garantie des 4 1/2 0/0, cela serait considéré de notre part comme satisfaisant.

Si donc M. Bompard ne se trompe pas en disant que le gouvernement turc veut maintenant refuser la garantie d'intérêt sur le prix de la ligne d'Homs à Bagdad, ceci doit être dû à quelque subite volte-face dont je n'ai pas connaissance.

(4) En ce qui concerne le n° 4, vous êtes le meilleur juge de la valeur de l'opinion de M. Bompard.

(5) En ce qui concerne le n° 5, savoir que les Allemands s'opposeraient vivement à une ligne française d'Homs à Bagdad, j'ai toujours pensé que si les Français s'avançaient trop importunément dans ce projet, cela risquerait de faire naître une opposition allemande qui — autant que j'en puis juger par une conversation que j'ai eue avec M. Huguenin à Constantinople, ne se produira pas si le projet de construction reste ce qu'il était au début, une entreprise essentiellement turque.

Pour l'instant, je ne vous demande pas de rendez-vous, sachant combien vous devez être occupé, mais peut-être serez-vous assez bon pour me voir plus tard.

Je pense que peut-être la meilleure chose à faire pour moi, sera de partir pour Constantinople le plus tôt possible, afin de savoir sur place si la situation a changé et dans quelle mesure. Pour l'instant, je vous demanderai seulement si vous avez quelques nouvelles de Constantinople qui vous permette de vous associer aux vues formulées par M. Bompard.

Votre sincèrement,

A.-J. BARRY.

Chose invraisemblable et pourtant vraie, M. Pichon, qui paraît avoir dès lors été décidé *in petto* à suivre l'avis de son ambassadeur, se laissa entraîner à tolérer sinon à approuver cette nouvelle procédure, en sorte que contre l'avis du représentant officiel de la République à Constantinople, M. Tardieu put continuer à poursuivre la concession en se faisant fort de l'approbation du ministre des Affaires étrangères. Cette situation paradoxale devait durer jusqu'à la fin de 1910.

Maimon en avisait M. Barry, le 12 mai, dans une lettre où l'enthousiasme du levantin s'exprime dans un style incorrect.

Lettre n° 56
(en anglais). *Paris, le 12 mai 1910.*

Mon cher Barry,

J'ai votre lettre datée de mardi avec ses deux annexes. M. Tardieu a eu une conversation avec M. Bompard par téléphone et a vu M. Pichon vendredi, avant le départ de ce dernier pour le Jura, d'où il reviendra ici au début de la semaine prochaine en allant à Londres.

Vous aurez déjà reçu la lettre de M. Tardieu de vendredi, dans laquelle il vous informe que M. Pichon a promis de répondre à votre lettre commune, disant qu'il fera savoir au gouvernement turc qu'il ne fait pas opposition à la continuation des négociations avec Youssouf Saïd Bey (saying that he will let it be known to the Turkish Government that he does not object to their continuing the negociations with Youssouf Saïd Bey).

C'est tout ce dont nous avons besoin pour l'instant et une telle déclaration nous sera plus utile que celle que nous avions envisagée au début, et de laquelle il n'eut pas été possible d'écarter le caractère politique fait pour irriter les Allemands.

J'espère que vous ne manquerez pas de communiquer au Foreign Office la nouvelle vraiment importante que vous donne M. Tardieu, dans la dernière partie de sa lettre, qu'il a été informé par la direction du Comité « Union et Progrès », que notre programme a son entière approbation. Je vous envoie des duplicata des annexes à ma lettre à M. Mallet qui, j'en suis tout à fait sûr, étaient également joints aux copies de ladite lettre.

Bien qu'il soit à peine probable que M. Pichon écrive la lettre promise avant d'avoir vu M. Cambon à Londres, je suis décidé à partir pour Constantinople samedi prochain, à 7 h. 15 du soir, et j'ai hâte d'y voir enfin mes amis (my people), et de leur expliquer bien des choses qui sont arrivées et que je ne puis confier à des lettres, quoique je n'ai pas manqué de les tenir au courant chaque jour par la poste des principaux traits de ces complexes négociations, et c'est grâce à ces récits journaliers que le « Comité » a pris cette attitude amicale vis-à-vis de la nouvelle position de l'affaire, et leur communication à M. Tardieu ne fut en aucune façon provoquée par moi, directement ou indirectement.

Si j'insiste sur ce point, c'est pour vous permettre d'apprécier la valeur de la communication que M. Tardieu vous annonce dans sa lettre de vendredi et pour vous décider à la présenter à M. Mallet, comme une éloquente réponse à quelques-unes des objections de M. Bompard.

Il y a très peu de temps, M. Bompard a été le fervent collaborateur d'un projet presque similaire, projet différent du notre seulement par ce que la ligne projetée touchait Hit, dans la sphère de la Bagdadbahn, et que son capital devait être trouvé, grâce à une cession de terrains à irriguer.

M. Bompard n'a pas plutôt découvert que le projet qu'il appuyait était irréalisable, qu'il a immédiatement changé d'opinion sur la valeur de l'entreprise aussi bien que sur l'exactitude des affirmations d'un spécialiste aussi éminent que Sir William Wilcocks, qu'il a, m'a-t-on dit, traité de « fumiste ».

L'idée de construire un railway le long de la vallée de l'Euphrate fut conçu par Guillaume IV et pendant un quart du siècle dernier, elle fut activement soutenue par le « *Stafford House Comitee* » présidé par le duc de Sutherland, mais fut abandonnée pour un temps par manque d'une suffisante confiance dans la stabilité (politique) de cette partie de l'Orient. Mais le projet était de caractère si important et de si haute portée, tant pour des raisons diplomatiques que commerciales » qu'il n'a jamais été perdu de vue depuis lors et toutes les lignes turques qui ont leur tête sur la côte méditerranéenne ont été construites dans l'espoir qu'elles seraient continuées jusqu'à l'Euphrate et à Bagdad, et parmi la longue liste de ceux qui ont demandé une concession de la Méditerranée à Bagdad, et pour la plupart jusqu'au Golfe Persique, figure M. Bompard, le même homme qui nie aujourd'hui l'intérêt de l'entreprise.

Dans l'opinion de toutes les autorités compétentes, la contrée à desservir, aussitôt que l'on atteint l'Euphrate, est considérée comme la plus fertile du monde, « laissant loin derrière elle en possibilité d'avenir le delta du Nil, et couvrant une surface sept fois plus grande. La fertilité de la Mésopotamie, et de la basse vallée de l'Euphrate et du Tigre, du temps des Babyloniens, des Assyriens et des Romains est bien connue. Elle a continué à vivre dans des conditions de prospérité sous le règne de Haroun Al Raschild, bien connu des lecteurs des Nuits

Arabes. Il en fut ainsi jusqu'au XIIIe siècle où la contrée fut ruinée par les hordes dévastatrices de Genghis-Khan, et depuis, sous la domination turque, la région n'a jamais retrouvé son antique prospérité. Même dans des circonstances défavorables aussi privée qu'elle l'est de toute communication avec le monde extérieur, les statistiques commerciales prouvent les possibilités de cette contrée. Dans la province de Bagdad, la dernière que j'aie sous la main (vieille de quelques dix ans) prouve que les exportations dépassent 2.000.000 de livres et les importations 1.500.000 par an. De même dans la province de Bassorah, les exportations s'élèvent à 1.000.000 de livres et les exportations à 800.000 livres par an, bien qu'il n'y ait pas le moindre chemin de fer. Les statistiques agricoles sont bien plus suggestives, quoique seulement la vingt-quatrième partie du pays soit cultivée et qu'aucun travail d'irrigation n'ait été fait depuis les Assyriens, dont le système de canalisation est encore visible et serait encore utilisable avec une faible dépense pour la construction de digues et de réservoirs ».

« La production agricole totale, en y comprenant les céréales, le café, les dattes, le coton, l'opium, l'indigo et les fruits dépasse 3 millions de tonnes par an dans la province de Bagdad seule, et 2 millions 1/2 dans celle de Bassorah. De nombreux arpentages et études ont été faits dans ce district, et Cuinet dans « Asiatic Turkey », est d'opinion qu'avec une bonne irrigation et l'introduction de chemin de fer, les capacités agricoles de la région pourraient être décuplées. Comme illustration de l'extraordinaire fertilité de ce pays, selon lui, on pourrait faire trois moissons par an dans les districts d'alluvion de la vallée de l'Euphrate. Les rapports officiels disent que l'énorme plaine porte actuellement plus de 5 millions de tête de bétail et de moutons, mais ces chiffres sont certainement très au-dessous de la vérité, étant donné les efforts que font les habitants pour dissimuler leurs richesses.... »

En face de tous ces témoignages et en face de l'histoire du passé, maintenant connue par les récentes et sensationnelles révélations faites par des millions de documents déterrés et déchiffrés tant en Assyrie qu'en Babylonie, le long de l'Euphrate et du Tigre en remontant jusqu'à Palmyre. ce ne serait rien moins qu'une insulte à une personne intelligente que d'entreprendre de lui prouver le bénéfice que la Mésopotamie trouvera à être mise en communication avec son débouché naturel, par cette nouvelle route directe.

Toujours votre, BERNARD MAIMON.

M. Pichon écrivit en effet à M. Bompard le 17 mai et fit savoir le 26 mai à M. Tardieu qu'il laissait la voie libre au projet Youssouf mais il ne paraît pas que M. Bompard ait changé d'avis, ni le gouvernement turc. D'où la grande colère de M. Tardieu et la grande campagne du *Temps* contre l'emprunt turc et le gouvernement jeune-turc et contre l'ambassadeur de France à Constantinople.

Car M. Bompard avait un argument irrésistible, le refus bien naturel de la Turquie de subventionner une ligne concurrente à celle de Koniah-Bagdad, déjà garantie par elle et qui lui offrait des avantages supérieurs au point de vue stratégique. Tous les arguments de M. Tardieu, de M. Barry, toutes les intrigues de Maimon et de Youssouf Saïd bey ne pouvaient prévaloir contre cela. Aussi les démarches tentées en mai 1910 auprès de Rifaat Pacha, lors de son séjour à Paris, ne purent-elles aboutir.

***

## Une campagne de M. Tardieu.

Les choses en étant à ce point, il ne nous reste qu'à feuilleter la collection du *Temps*. Il ne faut point aller bien loin pour trouver les premiers échos des ambitions et des déceptions de M. Tardieu et de ses associés. Ils comptent sur le gouvernement jeune-turc et le Comité Union et Progrès pour obtenir leur concession. Voici d'abord pour le gouvernement jeune-turc :

Editorial du 11 juin 1910
Numéro du 12.

La Turquie d'aujourd'hui est déjà profondément différente de la Turquie d'hier, et peut-être dans les cercles officiels ne mesure-t-on pas toute l'étendue de cette différence. La France, en s'adaptant à un milieu nouveau, aurait pu prendre à Constantinople une situation morale hors de pair. Elle aurait pu, en assouplissant ses méthodes et en élargissant le champ de son action, fortifier aussi la position économique que justifie le chiffre prépondérant des capitaux français engagés en Turquie. Il lui eût suffi pour cela de comprendre que les affaires et la politique ne sauraient être liées à présent de la solidarité équivoque d'autrefois, et que la Turquie constitutionnelle ne peut ni ne doit, s'asservissant aux méthodes hamidiennes, acheter de sacrifices économiques des complaisances diplomatiques.

Observations singulièrement judicieuses et qui gagneraient à n'être point suivies d'un vive attaque contre M. Bompard, auteur de tout le mal, à en croire M. Tardieu, devenu le leader du nouveau régime après avoir été si longtemps l'avocat de l'ancien.

Si les choses n'en sont pas au point que nous souhaitons, c'est sans doute que la routine des institutions est plus forte que les changements de personnes et que la science des hommes est un don inégalement partagé. Il faut donc se féliciter doublement que la France, pour connaître la Turquie, puisse disposer d'autres moyens que des moyens officiels dont la coutume internationale lui assure le bénéfice.

Première escarmourche d'une guerre qui se poursuivit dans les couloirs de la Chambre contre l'ambassadeur de France, dont la situation parut même un moment menacée. Cependant le *Temps* continue à témoigner en toute occasion au gouvernement jeune-turc sa sollicitude et sa bienveillance. Le 30 juin il se félicite « de l'énergie et de l'esprit de suite dont il a fait preuve dans la direction des opérations répressives d'Albanie ». Un éditorial publié par le *Temps* le 22 juillet sur la *Turquie et les Alliances* (1), à propos d'un rapprochement annoncé de la Turquie et de la Triple Alliance est mal interprété à Constantinople. C'est l'occasion d'une rectification qui après quelques citations du *Tanine* constate aimablement : « Ce sont là les manifestations d'un esprit clairvoyant et sage ».

Cependant Djavid bey vient à Paris. M. Tardieu en profite pour pousser ses affaires. Nous avons de lui-même quel-

(1) M. Tardieu est hanté de ses projets : « Les hommes de valeur qui gouvernent la Turquie savent... qu'ils ont besoin non de diviser l'Europe, mais de l'unir. Non seulement dans l'ordre politique, mais aussi dans l'ordre économique, la Turquie constitutionnelle n'a rien à gagner aux rivalités aiguës que le régime hamidien se plaisait à entretenir en Europe. »

ques renseignements à ce sujet. Voici ce qu'il nous dit dans une lettre adressée aux *Daily News* de Londres en octobre 1911 :

Je n'ai jamais agi dans un esprit anti-allemand. Bien au contraire. J'ai tenté, notamment le 4 août 1910, dans une conversation d'une durée de deux heures avec M. de Gwinner, directer de la *Deutsche Bank*, d'harmoniser les intérêts anglo-franco-allemands dans la question des chemins de fer transasiatiques, et lorsque, à la suite de cette conversation, je constatai que l'entente que je considérais comme désirable ne pouvait pas être réalisée immédiatement, je cessai de m'occuper de cette question.

Il est probable que les pourparlers avec l'Allemagne durèrent quelque temps, puisque jusques au début de 1911 M. Tardieu témoigna d'une active sollicitude pour l'entreprise d'Homs-Bagdad. Quant à l'esprit dans lequel M. Tardieu les a poursuivies, l'exemple de la N'Goko Sangha nous est garant qu'il fut des plus conciliants, s'il n'alla pas jusqu'à l'abnégation de renoncer à une affaire parce qu'il ne pouvait y introduire les Allemands. En tous cas, au sortir de sa conversation avec M. de Gwinner, M. Tardieu avait sollicité d'être entendu par Djavid bey. Celui-ci lui répondit une lettre que M. Tardieu envoie au *Daily News* en lui assurant « qu'elle démontre que le gouvernement ottoman était anxieux (anxious), ce qui était bien naturel, d'une solution qui lui assurerait l'augmentation des droits de douane qu'il désirait vivement. »

On trouvera peut-être que l'anxiété de Djavid bey ne s'exprime pas clairement, et qu'il paraît plutôt désireux de se soustraire à des sollicitations inopportunes :

*Paris 6 août 1910.*

Mon cher monsieur Tardieu,

J'ai bien reçu votre note. Malheureusement je quitte Paris mardi sans faute, pour Berlin. Si vous voulez être assez aimable pour me donner par écrit le renseignement annoncé et cela par l'intermédiaire de notre ambassadeur à Berlin, je vous en serais grandement obligé.

Croyez moi, etc...

DJAVID.

C'est à la même époque que se place la lettre que M. Pichon montrait cet automne à ses collègues du Sénat, et où M. Tardieu le priait de mettre la concession d'Homs-Bagdad parmi les conditions de l'emprunt que Djavid bey était venu chercher.

Au cours du mois d'août, l'optimisme règne encore dans les colonnes du *Temps*. Qu'il s'agisse d'expédition contre les Arabes du Hauran, du voyage de Talaat bey en Macédoine (5 août), même de l'achat de deux vieux cuirassés allemands, M. Tardieu voit tout en rose : « On se tromperait cependant en jugeant que ces navires un peu dépréciés dans la flotte allemande ne seront qu'un faible appoint pour la flotte ottomane » (Editorial du 17 août). Cependant au début de septembre quelques nuages apparaissent. Djavid bey, venant de Berlin, est rentré à Constantinople. L'emprunt turc ne se conclut pas. Un incident en Syrie à propos d'un sujet algérien soulève, le 9 septembre, l'indignation du *Temps* contre M. Bompard qui ne fait rien. L'éditorial du 10 (numéro du 11) est plus vif encore et s'en prend de nouveau à l'ambassade. Les Turcs ont formulé une réclamation au sujet d'un incident avec le capitaine Cottes sur la frontière tripolitaine.

Ce n'est pas admissible, nous avons en Afrique un ensemble d'intérêts qu'ignorent, semble-t-il, certains de nos représentants diplomatiques, mais qui demandent à être défendus.

Les choses se gâtent avec Constantinople. Entre la Banque Ottomane et le conseiller financier français M. Laurent d'une part, et le ministre des finances Djavid bey, d'autre part, une polémique des plus vives s'est engagée. Malgré le voyage en France d'Hakki pacha, le gouvernement français maintient l'exigence de garanties que la Turquie s'obstine à refuser.

Entre temps, M. Tardieu s'était mis d'accord avec la Régie générale des Travaux Publics, la Société Financière d'Orient et la Maison Bardac, groupe qui avait soutenu le projet de chemin de fer d'Homs Bagdad et d'irrigations que M. Bompard avait proposé à la Porte le 6 avril 1910, comme suite aux démarches que M. Pichon, d'accord avec M. Paul Cambon, avait faites au début de 1910 auprès de Naoum Pacha. M. Tardieu est donc désormais d'accord avec la Banque Ottomane qu'il avait d'abord essayé d'éliminer. Il la défend contre Djavid bey et contre sir Ernest Cassel. De la mi-septembre à la fin d'octobre, en effet, un vif conflit divisa la Banque Ottomane et la Banque Nationale de Turquie dont sir Ernest Cassel, financier bien vu du Foreign Office, est le directeur. Ce dernier essaya de profiter de la tension extrême des rapports entre Djavid bey et la Banque Ottomane pour faire agréer ses services, et l'on sait par ailleurs les liens qui l'attachent à la finance allemande. Le 13 septembre, les « Nouvelles de l'Étranger » dénoncent l'évolution de la Turquie vers la Triple alliance que l'éditorial démentait le 22 juillet.

Le 21 septembre (n° du 22 sept.) le *Temps* explique les tentatives de conciliation de Sir Ernest Cassel. « entre les intérêts anglais et les ambitions allemandes. »

Djavid bey, dit M. Tardieu, a dû être directeur de la Banque Nationale. Il en sera administrateur. Il est naturel qu'il s'intéresse à l'avenir de cet établissement, comme il est naturel que le *Tanine* jette le discrédit sur les banques franco-anglaises (la Banque Ottomane) puisque son directeur est administrateur de la Banque Nationale. Mais les Jeunes-Turcs que l'on croyait sympathiques à la France s'avèrent hostiles. Que la Turquie cherche donc où elle voudra. Et le gouvernement français, en dehors de la question financière doit obtenir satisfaction pour les incidents de Djavid et la protection de sujets algériens.

Cependant, à la fin de septembre (25 septembre), la combinaison Cassel échoue devant l'opposition du gouvernement anglais. En revanche, le désaccord que l'on essayait d'établir entre Djavid, accusé de favoriser la Banque Nationale et Hakki, qu'on présentait comme favorable à la France, ne se produit pas. La crise annoncée (23 septembre) comme prochaine est écartée. Hakki pacha part pour Berlin et Vienne où il négociera son emprunt.

M. Tardieu, le 28 septempbre (n° du 29), commente les

faits, et rectifie un récit des négociations relatives à l'emprunt fait par Djavid bey à un rédacteur du *Daily Télegraph.*

Il ajoute :

Sir Ernest Cassel dont on a annoncé, plusieurs fois, le départ de Londres pour Paris et dont on a dit qu'il se proposait de jouer le rôle d'ambassadeur entre la France et la Turquie n'a pas encore quitté l'Angleterre. Peut-être a-t-il été informé que l'on n'était pas disposé ici à traiter cette question autrement que par l'intermédiaire de M. Bompard à Constantinople et de Naoum pacha à Paris. Cette affaire restera ainsi sur le terrain qu'elle ne doit pas quitter.

On admirera avec quelle netteté M. Tardieu élimine les négociations officieuses quand on ne l'en charge pas.

Mais voici qu'éclate le conflit entre Mahmoud Chevket pacha, qui veut se soustraire au contrôle du ministre des finances et Djavid, soucieux du bon ordre budgétaire. Les bruits les plus alarmistes courent. On ne peut les vérifier. Mais M. Tardieu les commente sans indulgence (18 octobre).

*Crise ministérielle en Turquie.*

Le fond de vérité n'est pas douteux. La situation financière est critique. La situation politique ne l'est pas moins. Le manque d'argent a acculé le gouvernement à la difficulté la plus grave que son origine même pouvait lui susciter : un conflit avec le chef de l'armée. Née d'un pronunciamiento, la Turquie constitutionnelle se retrouve en présence d'un pronunciamiento.

Ces incidents justifient nos craintes. Mais en les commentant nous n'éprouvons, qu'on veuille bien le croire, aucune satisfaction d'avoir eu trop raison. Quand s'est posée la question de l'emprunt — ajournée par ces incidents mêmes à quelles calendes? — nous avons dit que les conditions gouvernementales et politiques en Turquie imposaient au gouvernement de la République, tuteur de l'épargne française, de prendre, quel que fût le groupe financier chargé de l'émission, des garanties de gestion et non point seulement d'affectation.

Djavid bey est en ce moment vis-à-vis de Mahmoud Chevket pacha dans la position même où le gouvernement français s'est trouvé récemment vis-à-vis de Djavid bey. Et sans vouloir critiquer à cette heure difficile le jeune et distingué ministre des finances, qui avait à accomplir une œuvre si malaisée, ne doit-on pas estimer que par l'allure générale de sa politique financière, il a fourni les armes qu'on dirige actuellement contre lui ?

D'un point de vue plus pratique encore, Djavid bey a d'autres raisons de regretter son attitude. S'il avait reconnu la légitimité des réformes administratives réclamées par le gouvernement français, il aurait pu dès le mois de juillet faire entrer dans ses caisses 120 ou 150 millions. Peut-être serait-il excessif de croire que tout risque de conflit avec Mahmoud Chevket pacha eût été par là pour jamais conjuré. Mais il est certain que les difficultés actuelles ne se fussent pas produites. Il est certain que le manque d'argent qui a provoqué la crise eût été évité dans le présent. Il l'eût été aussi pour l'avenir. Car, d'une part, une Turquie dotée par ses engagements mêmes vis-à-vis de ses créanciers d'une trésorerie correcte eût pu facilement faire appel au crédit. Et d'autre part, les éléments militaires en lutte avec le ministre des finances auraient trouvé en face d'eux, au lieu de la résistance précaire d'un homme, les clauses précises d'un contrat international, qu'ils n'eussent pu violer sans péril.

Tout cela est si clair que nous ne voulons pas y insister. Aussi bien l'avenir est assez troublant pour qu'on ne récrimine pas sur le passé.

Les jours qui viennent nous apprendront dans quel sens s'orientent les événements. Hakki pacha pensera peut-être qu'il convient de remanier son cabinet. Car, comme nous le montrions tout à l'heure, parmi ses collaborateurs, certains sont en conflit avec la légalité et certains autres manquent d'autorité pour la défendre. Mais il faudra qu'il n'oublie pas que ces changements devront s'accomplir non point dans le sens de l'arbitraire, mais dans celui de la loi et de la Constitution. Les officiers, qui ont montré depuis deux ans de la clairvoyance et de la sagesse, vont avoir une occasion nouvelle d'affirmer par des actes leur patriotisme.

Néanmoins tout s'arrange à Constantinople. Et le *Matin* annonce même que l'accord est fait avec la France sur les conditions de l'emprunt. M. Tardieu en paraît plus étonné que content (19 octobre).

### *Le triomphe des apparences.*

**Une dépêche de Constantinople annonce que le conflit survenu entre Djavid bey et Mahmoud Chefket pacha est complète-**

ment aplani. Cet accord serait pleinement satisfaisant s'il était plus intelligible.

Une autre bonne nouvelle, venue de Paris, celle-là et publiée par le *Matin*, assure qu'en même temps que la réconciliation ministérielle en Turquie s'est réalisée, l'accord s'est établi entre M. Pichon, M. Cochery et la Porte au sujet des conditions si discutées de l'emprunt turc. On se rappelle que, sollicité d'admettre à la cote cet emprunt, le gouvernement français, laissant de côté la personnalité des divers groupes, tous parfaitement honorables d'ailleurs, mêlés avec plus ou moins de succès à la négociation avait formulé des conditions d'ordre général, savoir : affectation d'une garantie réelle, et non point seulement promesse d'affectation de recettes ; avantages équitables assurés à l'industrie française ; réformes administratives qui missent un frein au déficit toujours croissant, cela au profit commun de la Turquie et de ses créanciers ; enfin règlement de la situation des Algériens et Tunisiens résidant dans l'Empire ottoman.

Suivent les détails au sujet de ces exigences.

Le gouvernement français estimait d'autre part que si l'emprunt devait en tout ou partie servir à des commandes faites à l'étranger, il serait équitable que la France eût sa part dans ses commandes. En droit, rien de plus juste, surtout au lendemain de l'achat en Allemagne de deux vieux cuirassés. Peut-être aurait-on pu, avec un peu d'ingéniosité, rendre cette exigence moins désagréable aux Turcs et plus profitable à la France. Nos ambassades et les bureaux du quai d'Orsay ont coutume de ne concevoir pour les emprunts d'autre contre-partie que des commandes métallurgiques et plus spécialement militaires. M. Constans parlait avec humour de cette spécialisation routinière de nos exigences. Avec plus « d'avenir dans l'esprit », on aurait pu étudier, d'accord avec la Turquie, un plan de mise en valeur de l'Empire ottoman, qui eût créé des ressources nouvelles à la Turquie et assuré à l'industrie française un bénéfice plus général et plus élevé. On ne l'a point fait, et ne l'ayant point fait, on a seulement réclamé des commandes. Bien que l'application fut médiocre, le principe était juste.

Si l'information publiée par notre confrère le *Matin*, sous le titre : « *Un succès français* », est exacte, il faut avouer que des conditions mises à l'admission à la cote, presque rien ne subsiste aujourd'hui. De la garantie de l'emprunt, garantie d'administration et non pas seulement affectation de recettes sur le papier, pas un mot. De la situation des Algériens et des Tunisiens, pas un mot. En ce qui touche les commandes, traitement de la nation la plus favorisée, ce qui implique que la France, apportant l'argent, c'est à d'autres qu'on s'adressera d'abord pour le dépenser, quitte à nous faire une part égale. Quant à la réforme de la trésorerie on n'en parle plus; on se bornera à nommer deux fonctionnaires français, l'un au mouvement des fonds, l'autre à la Cour des comptes, — ou plutôt, nous dit-on, à la comptabilité publique, — comme si la présence d'un étranger perdu dans un vaste service pouvait suffire à le régulariser. M. Charles Laurent, conseiller financier du Gouvernement ottoman, n'a pas pu, malgré son autorité technique, faire adopter ses idées. Pourquoi d'autres seraient-ils plus heureux, au lendemain surtout des prétentions nouvelles d' « indépendance » formulées par Mahmoud Chefket pacha ?

On voit donc que le « succès français » dont le *Matin* se félicite se réduit à très peu de chose. — à si peu de chose que jusqu'à confirmation officielle, on se refuse à croire que l'accord sur ces bases soit définitif. Ce « succès », s'il était tel qu'on le dit, serait de pure apparence, et les Turcs seuls pourrait se flatter d'avoir triomphé. Pour en arriver là, mieux valait dès juillet accorder l'admission à la cote. Et si l'on a eu raison de ne pas l'accorder en juillet, on choisit un singulier moment pour changer d'avis, — celui-là même où les causes de désordre financier semblent plus graves que jamais. En vérité, nous le répétons, il est impossible que le gouvernement se soit infligé pareille contradiction.

L'emprunt échoue cependant, et M. Tardieu s'en félicite (23 octobre).

*L'échec de l'emprunt turc.*

Le *Temps* avait montré, il y a trois jours, les raisons financières et politiques qui interdisaient de croire que le gouvernement français eût modifié dans l'affaire de l'emprunt turc le point de vue défini par lui en juillet dernier. La rupture des négociations officiellement annoncée ce matin prouve à quel point nous avions eu raison de ne pas tenir pour vraies les informations de certains de nos confrères. Cette rupture confirme que du premier au dernier jour M. Pichon et M. Cochery ont défendu comme il convenait, avec fermeté et modération, l'intérêt national.

C'est la question des garanties financières qui fait échouer les négociations.

M. Tardieu expose ensuite l'historique de ces négociations.

Voilà donc clos, pour le moment, ces pourparlers tant commentés. Sans vouloir exprimer de jugement sur les causes de leur échec, on estimera que cet échec est regrettable pour la Turquie. D'une part elle n'a pas dans ses caisses l'argent qu'elle avait besoin d'y introduire. D'autre part elle a fait pendant des mois discuter son crédit comme il ne l'avait jamais été depuis trente ans. Toute perspective d'emprunt semble actuellement lui être interdite. Londres ne veut pas. Berlin ne peut pas. Les banques allemandes consentiront sans doute une avance à court terme. Mais cette avance, inférieure par son taux au déficit, ne fera que préciser la nécessité prochaine de l'emprunt ultérieur qui servira à la rembourser. Djavid bey, en arrivant à Paris, pouvait espérer autre chose.

Il avait pourtant un beau rôle à jouer. Il pouvait, s'il l'eût voulu, dire au Parlement turc, à la rentrée : « Sous l'ancien régime, on ne nous prêtait que sur un gage matériel. Depuis qu'existe le régime constitutionnel, nous avons trois fois fait appel au crédit. La première fois, on nous a consenti une sorte de secours plus politique que financier. La seconde fois, on s'est contenté d'une affectation de recettes. La troisième fois, on ne nous a demandé qu'une garantie d'ordre et de produire nos écritures. C'est là une nouvelle raison pour nous d'avoir des finances claires et sincères. Quand cette sincérité ne fera plus de doute pour personne, nous emprunterons comme toutes les grandes puissances sur nos ressources générales. » Rarement, croyons-nous, ministre des finances eût remporté plus beau et plus légitime succès. On estimera généralement qu'il a eu tort de le dédaigner.

La France, elle, n'a rien à regretter. Elle a été obligeante, conciliante, autant qu'il se pouvait. Mais elle a défendu, comme elle le devait, les intérêts passés, présents et futurs de son épargne. L'attitude de son gouvernement a été digne d'éloge. Sans s'immiscer à aucun degré dans la défense d'intérêts légitimes, mais particuliers, MM. Pichon et Cochery, d'accord avec M. Briand, sont demeurés sur le terrain national. Ils ont voulu éviter que ce médiocre emprunt de 150 millions ne devînt un désastreux précédent qui nous eût désarmés dans l'avenir pour la protection de nos intérêts. C'est là une politique excellente, probe et sage, dont l'opinion sera reconnaissante au ministère. Quant aux espérances naturelles des divers éléments qui pouvaient bénéficier de l'emprunt, elles ne subiront qu'une déception passagère... La Turquie nous reviendra.

Il est malheureusement certain que des conditions secrètes s'ajoutaient aux conditions officielles et publiques. L'Homs-Bagdad y figurait-il? M. Tardieu semble dire le contraire. Mais lui-même nous a appris qu'au lendemain de l'échec de sir Ernest Cassel, en octobre 1911, des conférences avaient eu lieu à Paris entre sir Babington Schmidt, bras droit de sir Ernest Cassel et représentant de la Banque Nationale, et le groupe de la Banque Ottomane. Homs-Bagdad rentrait ainsi sous le contrôle de la haute finance, à qui M. Tardieu et Maimon avaient d'abord essayé de soustraire leur projet. Faut-il croire que seule la Régie des tabacs éveilla la sollicitude du gouvernement français?

Cependant en novembre (éditorial du 21) le Congrès du Comité Union et Progrès est une occasion pour M. Tardieu de faire entendre un avertissement à ses infidèles amis turcs :

Aussi bien n'est-ce point sur des délibérations du Congrès qu'on peut juger un parti et une politique. Les actes, d'ici peu, permettront de former ce jugement. *Car l'empire ottoman n'est pas dans une position où il lui suffise de se laisser vivre. Nulle part plus qu'en France on ne souhaite que ces actes méritent l'approbation des esprits impartiaux.* Nulle part plus qu'en France on ne désire que l'abandon de certaines méthodes ramène à la Turquie des sympathies *que ses fautes n'ont pas abolies.*

C'est ensuite le 29 novembre la discussion des questions extérieures au Parlement ottoman qui est l'occasion de rappeler à la France et à l'Angleterre l'aveuglement avec lequel elles ont méconnu les sages avertissements et les propositions avantageuses de M. Tardieu (29 novembre).

*La politique étrangère de la Turquie...*

Seulement, depuis quelques mois, la situation a subi un changement. Les jeunes-turcs ont des besoins d'argent pressants. Il ne s'agit plus pour eux d'assurer de bonnes garanties kilométriques à des voies ferrées concédées à l'Allemagne. Il s'agit de boucher les trous de leur budget, et à cette fin ils ne peuvent attendre de Berlin un concours indéfini. C'est pour cela qu'ils auraient volontiers emprunté à Paris ou à Londres. Mais la tendance générale de leur politique a été plus forte que les tendances particulières de leurs finances. Et pour la première fois depuis longtemps, ils ont demandé à l'Allemagne une preuve monnayée de son amitié.

Comme on sait à Constantinople que les caisses allemandes ne pourront pas toujours renouveler à la Turquie ce témoignage ; comme on sait que le public allemand est peu empressé à placer ses fonds en Turquie (l'exemple le plus récent en est fourni par la dernière émission des obligations du Bagdad), les hommes d'Etat ottomans professent leur attachement à la politique de l'équilibre et des mains libres. C'était inévitable et c'est une carte que la France et l'Angleterre auraient pu jouer il y a six mois comme elles pourront la jouer dans l'avenir. Elles n'ont rien su prévoir ni du côté turc ni du côté allemand, alors que par une politique réaliste et une franchise un peu plus bismarckienne, elles auraient pu amener Constantinople et Berlin à reconnaître la nécessité d'un accord qui s'imposera tôt ou tard.

On ne l'a point fait et on ne paraît pas encore mesurer l'étendue de la faute commise. Tant pis : car pour réussir il faut avoir un plan, et c'est trop tard pour s'occuper d'une question d'attendre qu'elle soit aiguë, envenimée de dissentiments personnels, et surtout détachées des vues générales d'où viennent toujours les solutions.

* * *

## La dernière carte. — Le vol des documents. L'accord de Potsdam et les projets de M. Bompard.

Cependant tandis que se poursuivaient, en même temps que ces négociations, les pourparlers russo-allemands qui devaient aboutir à l'accord de Potsdam, Maimon et Youssouf Saïd bey avaient organisé une agence pour le vol de documents diplomatiques à Constantinople et à Paris. Ils ne ne devaient pas tarder à prendre occasion des révélations ainsi obtenues pour tenter un dernier effort en faveur de leur projet. Le 7 janvier 1911, le *Temps* publiait en dernière heure un télégramme daté de Londres 6 janvier :

*L'Evening Times* publie une dépêche de Saint-Pétersbourg qui affirme donner le texte de la note de la Russie à l'Allemagne. Voici ce texte que nous croyons être exact.

Suit le texte de l'accord de Potsdam, où l'Allemagne en échange de certaines garanties politiques accordées à la Russie au nord-est de la Turquie d'Asie, obtenait le raccordement des voies de son Bagdad aux futures lignes persanes, à Khanikhine.

L'incident produisit en France et en Angleterre une vive émotion, car il parut que la négociation de cet accord, dont les détails au moins avaient été ignorés des cabinets de Londres et de Paris, indiquait un certain relâchement de la Triple Entente. On commença à parler d'isolement de la France en Europe et la *Dépêche de Toulouse* entre autres éleva d'assez vives critiques contre la politique de M. Pichon. Dès le lendemain, M. Tardieu commentait longuement cette publication : Cet accord se préparait depuis 1907. La continuité de la politique russe s'y affirme avec netteté. La garantie que le Bagdad allemand n'aura pas d'embranchements au nord de Khanikhine est un grand succès pour les Russes. L'Allemagne, en échange, voit lever l'opposition russe à la participation financière française au Bagdad. — Accord d'ailleurs conforme à la pratique des ententes particulières poursuivie depuis six ans.

La France notamment ne peut pas s'étonner que la Russie fasse en 1911 avec l'Allemagne ce qu'elle-même a fait en 1904 avec l'Angleterre. Elle ne peut pas s'étonner que son allié traite les affaires d'Asie comme elle a elle-même traité les affaires d'Afrique. Nos accords relatifs au Maroc, et le dernier en date, l'accord franco-allemand, s'inspirent exactement du même principe que l'accord russo-allemand d'aujourd'hui... Ce serait cependant manquer de franchise que de méconnaître que l'entente russo-allemande peut nous inspirer en France quelques regrets (où d'ailleurs la Russie n'est pour rien) ; il serait plus juste d'écrire : quelques remords. Qu'a fait la Russie ? Ayant déterminé le champ de ses intérêts « asiatiques », elle a cherché, d'abord avec l'Angleterre, ensuite avec l'Allemagne, à dégager son terrain des oppositions possibles. Elle a précisé pour elle-même et pour les autres l'objet de la politique. Elle a défini son programme et elle en a poursuivi l'exécution par d'équitables transactions. Est-il besoin de signaler qu'en ce qui concerne l'Asie, la France, depuis dix ans, n'a rien fait de tel ? Faut-il en conclure que les régions où se sont successivement accordés les intérêts anglais et russes, les intérêts russes et allemands, sont sans valeur pour notre pays ; qu'il n'y a rien à y défendre et rien à y gagner ; que l'abstention se justifie pour lui par l'absence ! Il s'en faut... M. Paul Cambon qui, lors de son ambassade de Constantinople, avait eu la claire vision de notre avenir syrien et mésopotamien, n'a pas été suivi. Des réalisations fragmentaires ont succédé au plan d'ensemble qu'il avait conçu. La direction et l'impulsion nationale ont fait défaut. Néanmoins des résultats ont été obtenus. Le réseau des chemins de fer de Syrie est en exploitation. Il manque, il est vrai, de débouchés. Mais n'était-ce point un devoir national que de travailler à lui en donner ? Dans le chemin de fer allemand de Bagdad, le capital français à sa part, part médiocre et subalterne à coup sûr, mais que seule une étrange illusion pouvait se flatter d'élargir par une politique obstinément négative. La Russie, à son heure, avait, comme nous, pratiqué cette politique de refus. Mais à son heure aussi elle lui a substitué la politique du *do ut des*. Qu'avons-nous fait de pareil ?

Est-il trop tard pour réagir, trop tard pour savoir ce que la France veut et pour pouvoir le dire, trop tard pour méditer et suivre l'exemple que nous donnent nos alliés? Notre situation, bien que non identique à leur, n'est pas essentiellement différente. Le réseau de Syrie vivra-t-il ou mourra-t-il? Verra-t-il des accords avec l'Angleterre lui ouvrir les voies de l'Egypte, des accords avec l'Allemagne lui ouvrir les voies de Mésopotamie ? Tels sont les termes du problème, pareil à celui que la diplomatie russe, sur un autre terrain, le sien, a posé et résolu, d'abord avec Londres ensuite avec Berlin? A cette question il n'y a pas encore de réponse française, et si nous attendons pour fixer notre résolution, que tous les autres intéressés — en réservant nos droits d'autant plus facilement que nous ne les affirmons pas — aient conclu des accords particuliers, il est possible que le temps perdu se chiffre pour nous par un surcroît de difficultés. Ce que la Russie fait depuis trois ans, la France aurait pu le faire et l'Angleterre aussi. Ont-elles lieu de se louer de s'être abstenues ?

Après des années d'indifférence, M. Pichon le premier, eut, à certaines heures, le sentiment de devoir national qui appelle en Orient l'action de la France. Le premier, il essaya de sortir de la négation pour aller vers la réalisation, suivant la méthode excellente qu'il a appliquée au Maroc avec un succès que nul ne conteste. Mais cette vue si juste n'a pas triomphé des habitudes locales d'inertie et de scepticisme qui pèsent si lourdement sur notre politique en Turquie. Elle s'est brisée contre l'obstruction de ceux-là même qui auraient dû en être les agents. A peine s'est-elle manifestée par des initiatives incohérentes et isolées qui ont surpris et inquiété sans profits les milieux officiels ottomans. La France et l'Angleterre ont cru — sur la base de quelques informations aveugles, par quelle absurde interprétation de ce que Sorel appelait le jeu de l'oie diplomatique? — qu'il leur suffirait d'affirmer qu'elles participeraient l'heure venue, sur toutes ces questions, à un « accord à quatre » pour se dispenser d'agir. Un des membres de la Triple-Entente vient par anticipation de définir ce qu'il attend de cet accord et de retirer sa mise. Prenons garde, à trop goûter les commodités de l'inaction, de nous trouver un jour en face d'une impossibilité d'action.

En un mot : L'accord de Potsdam montre combien M. Tardieu avait raison, combien M. Bompard a eu tort, combien il est nécessaire de faire l'Homs-Bagdad.

Le lendemain, 10 janvier, M. Tardieu se livre à une rapide philosophie des alliances d'où il résulte que l'accord russo-allemand ne diminue en rien la valeur et la portée de l'alliance franco-russe. Le 13 janvier s'ouvrit devant la Chambre la discussion du budget des Affaires étrangères : M. Jaurès formula quelques réserves sur l'attitude de la Russie et le peu de hâte mis par les ministres russes à avertir la France des négociations qu'ils engageaient.

Ce fut pour M. Tardieu une occasion de rendre à la politique de M. Pichon un suprême hommage, tout en lui indiquant discrètement l'erreur qu'il commettait en n'appuyant pas en Turquie les entreprises de M. Tardieu. C'est sur un couplet de ce style que finit l'article du 13 janvier.

*Le budget des Affaires étrangères.*

La Chambre a abordé hier la discussion du budget des affaires étrangères. Elle a entendu plusieurs députés exposer les principaux problèmes de notre politique extérieure et M. Stephen Pichon leur répondre par un discours très applaudi.

Après avoir commenté les discours de MM. Deschanel et Lucien Hubert, M. Tardieu insiste sur l'intervention de M. Denys Cochin qui lui paraît de nature à servir ses intérêts.

M. Denys Cochin n'ignore pas qu'il existe dans l'empire turc des chemins de fer français dont le développement exige toute notre sollicitude. Il a cité le réseau syrien et exprimé l'espoir que l'on continuerait l'étude du raccordement de ce réseau au chemin de fer allemand par le Homs-Bagdad. Mais il semble rassuré sur l'avenir des œuvres françaises parce qu'il estime que le Bagdad, le transiranien et toutes les autres voies projetées ne pourront être construits qu'avec l'aide du capital français. C'est oublier que ce capital peut s'employer, comme il le fait actuellement dans le Bagdad, sans profit politique moral ou matériel pour le pays. Puisque l'honorable député de Paris veut que la « bonne épargne française, conquise par le labeur français, serve la politique française », il faut justement que notre gouvernement ne se désintéresse pas de ces problèmes, de leur situation diplomatique ou de leur exécution matérielle; qu'il ne laisse pas, comme le demande M. Cochin, le chemin de fer de Bagdad « s'arranger comme il pourra ». Ce serait pratiquer cette politique des yeux fermés à laquelle nos intérêts en Orient ont dû si souvent de n'être pas défendus.

Vient ensuite le discours de M. Pichon. Le ministre a d'abord parlé du Maroc.

Tout cet exposé a été salué par la Chambre d'unanimes applaudissements.

Le ministre des affaires étrangères a fait alors l'examen de notre situation internationale.

M. Pichon a eu raison de dire, en terminant son discours, que l'isolement de la France est une légende et que le système des alliances n'est pas modifié par les événements récents. C'est une vérité qu'on ne saurait contester. Mais du fait que la France reste l'alliée de la Russie et l'amie de l'Angleterre, il ne s'ensuit pas que la tâche de la diplomatie soit terminée. Il lui appartient encore de tirer de ces combinaisons tout le parti possible, de défendre, partout où ils sont engagés, les intérêts de la France; il lui appartient aussi de réaliser ces intérêts, là où ils ne sont qu'en puissance. Or, si cette œuvre a été accomplie au Maroc, il ne semble pas qu'il en ait été de même en Orient, et que sur tous les points notre politique et la politique anglaise aient été aussi actives que celle de nos rivaux, qu'elles aient eu la même largeur de vues et une égale perspicacité. C'est ce qui ressort à première vue du débat engagé hier et non encore terminé.

Le 14 il revint à la charge à l'occasion du discours de M. Jaurès.

*Le budget des Affaires Etrangères.*

...Tout d'abord, M. Jaurès a mis le doigt sur l'une des plus singulières illusions de notre diplomatie depuis dix ans. Chaque fois que l'occasion s'est présenté de donner à la France, à propos des chemins de fer d'Asie en général et du chemin de fer de Bagdad en particulier, une position d'action, et non de négation; chaque fois que comme le faisait jeudi M. Denys-Cochin, on a rappelé à nos diplomates l'importance possible et l'insuffisance actuelle de nos lignes en Syrie; chaque fois qu'on a préconisé pour notre pays la méthode que la Russie vient d'emploxer avec succès, la méthode du *do ut des* et des transactions équitables, — toujours il été répondu que rien ne pressait; que de telles transactions étaient inutiles; qu'il était entendu en effet que ces questions ne feraient jamais l'objet de tractations particulières, mais seulement l'objet d'un « accord à quatre ».

C'est faux, et la France pouvait elle aussi avoir son Bagdad, celui de M. Tardieu, M. Jaurès a bien raison de vouloir voir cesser les oppositions stériles.

Mais c'est un triste spectacle de voir, pendant des années les unes (les puissances) réagir sur les autres pour prolonger l'inertie et la stagnation. La Russie a trouvé moyen de faire faire un pas notable à ses projets. Elle a fait ce pas dans l'exercice d'une liberté qu'elle n'avait pas aliénée. Il ne tenait qu'à la France d'aboutir, par un raisonnement pareil, à une conclusion identique. Car la Russie a basé son accord sur des chemins de fer à construire. La France pouvait fonder le sien sur des chemins de fer qui déjà existent. A cet égard, M. Jaurès a raison, et il est fort heureux qu'on puisse enfin s'en expliquer publiquement.

Le député du Tarn a parlé aussi de notre situation vis-à-vis de la Turquie, à la suite de l'emprunt manqué de 1910.

M. Tardieu explique que l'erreur qui inquiéta à la fois la Turquie et l'Allemagne fut de vouloir ou de paraître vouloir substituer le contrôle de la Banque ottomane à celui de la dette.

C'était là, pour employer l'expression de M. Jaurès, du nationalisme financier et du pire.

Et qu'on y songe : ces deux questions se tiennent. Si la France précisant sa politique de chemins de fer, si l'Angleterre précisant la sienne avaient fait à l'Allemagne ce que la Russie vient de faire; si des réseaux conjugués avaient été envisagés; si les divers marchés, au lieu de rester en lutte, comme depuis dix ans, au lieu de ne pratiquer qu'en secret et comme avec fausse honte l'internationalisme financier qu'on n'évite pas, s'étaient ouverts publiquement et loyalement aux titres de ces réseaux réconciliés, — alors l'accord des puissances sur l'augmentation des droits de douanes que demande depuis trois ans la Turquie se fût établi de lui-même. Cet accord eût donné à l'empire ottoman une plus-value de recettes *d'un caractère européen*, et cette plus-value lui aurait permis d'emprunter à un taux sensiblement meilleur que celui qu'il a dû consentir aux banques allemandes et autrichiennes. Le problème est donc un, et si notre diplomatie en Turquie avait su en préparer la solution, M. Pichon aujourd'hui pourrait donner satisfaction aux vœux de tous les orateurs qui ont parlé avant et après lui, — vœux de sympathie franco-turque, vœux d'utilisation nationale de notre épargne, vœux d'accord international sur les questions financières, vœux d'apaisement politique et de conciliation économique.

Telle est notre thèse. Les événements des deux dernières années démontrent qu'on lui a obstinément tourné le dos. A Constantinople, aucune étude, aucune action, aucune méthode; à Paris, l'attente et l'incertitude : telles ont été les conséquences de cette erreur. Il n'y a pas eu pendant cette période de programme français en Orient. Le marché parisien est resté divisé contre lui-même et contre le marché anglais. Chaque négociation a été conduite à part, sans conception d'ensemble.

L'article se termine sur des remerciements à l'orateur pour l'amabilité — un peu ironique parfois cependant — avec laquelle il a cité le *Temps* et son principal collaborateur. La question est maintenant bien posée pour M. Pichon : *Faites Homs-Bagdad, et je n'aurai plus aucune critique à maintenir, mon admiration sera sans réserves, sinon.....*

Le 23, M. Tardieu commente avec une aimable ironie le démenti diplomatique que Rifaat pacha a opposé à la publication de l'*Evening Times*. Et c'est pour lui une occasion de rappeler quelle erreur fut commise par les diplomates qui ont méconnu l'ingéniosité de ses combinaisons, où, on le sait, M. Barry avait fait usage de l'expérience acquise en Chine.

Après avoir montré le dédain dont les Allemands ont fait preuve en cette occasion pour les nécessités stratégiques ottomanes par lesquelles M. de Gwinner aime à justifier le tracé curieusement incurvé de la ligne, il conclut :

*La Turquie et l'entrevue de Potsdam*

... Toutefois, dans son discours même, Rifaat a laissé échapper un aveu et un souhait, que nous notions l'autre jour dans le *Tanine*, et dont la sincérité n'est pas douteuse. Il a déclaré que la Porte serait heureuse de voir « la question des chemins de fer garder un caractère exclusivement économique et non politique ». C'est là un cri du cœur. Car sans la politique, la Turquie aurait aujourd'hui tous les chemins de fer possibles. Mais qu'est-ce à dire, sinon que l'intérêt primordial de la Turquie est de marquer sur le terrain international plus d'activité qu'autrefois et de se faire l'agent des accords politiques dont elle est appelée à devenir le bénéficiaire économique.

Il faut suivre son temps. Les grandes puissances industrielles feront sans nul doute encore des affaires en Turquie. Mais elles devront se décider à modifier leurs formules. Demander à la Turquie constitutionnelle des « concessions » à l'ancienne mode, c'est méconnaître les nécessité du présent. Les Turcs ne veulent plus de ces installations étrangères en territoire ottoman par quoi se sont satisfaites tant de convoitises excessives ou de légitimes ambitions sous le régime hamidien. Ils entendent rester maîtres chez eux. A tout le moins, ils exigeront dans l'avenir qu'on adopte des combinaisons analogues à celles qui fonctionnent en Chine et qui sont à la fois plus rassurantes pour les intérêts du souverain territorial, plus réconfortantes pour son orgueil, sans être moins sûres pour ses collaborateurs étrangers. En présence de cet état d'esprit, il est clair que les négociations russo-allemandes, très « vieux jeux » dans leur fond et dans leur forme, doivent être infiniment désagréables aux Turcs. Elles leur donnent l'impression quoi qu'on fasse et qu'on dise, d'une sorte d'expropriation. Même s'ils affectent d'être rassurés, ils gardent, au fond d'eux-mêmes, une vague inquiétude.

Dans l'effort malaisé qu'ils poursuivent, les jeunes-turcs sont défiants... Mais les nerfs se sont détendus, et de nouveau on peut causer. Seulement, pour causer, il est nécessaire d'être deux et il est utile que chacun des deux sache ce qu'il attend de l'autre. Or après comme avant l'entrevue de Potsdam, la France et la Turquie se regardent avec sympathie — une sympathie d'instinct et de tradition qu'un nuage passager n'a pu abolir, mais elles se regardent sans rien dire. Peut-être le temps est-il venu pour elles de préciser leurs idées avant de les échanger, étant bien entendu que l'objet de telles conversations doit être la mise en harmonie, non point seulement particulière, mais aussi générale, des intérêts jusqu'ici divergents.

Jeunes-Turcs et gouvernement français sauront-ils comprendre? M. Tardieu commence à en douter. Cette fin de janvier est pour lui pleine d'amertume. Quatre ministres, le 22, sont venus, devant la commission du budget déclarer qu'ils ne paieraient pas l'indemnité arbitrée par M. Tardieu en faveur de la N'Goko Sangha. Et ses correspondances spéciales, *via* Maimon, lui apprennent qu'on traite à Constantinople pour un programme de chemins de fer, où ne figure par Homs-Badgad. Il fait à ces désillusions une allusion amère le 28 janvier.

Quand on voit — les récents arrangements russo-allemands si placidement imprévus du quai d'Orsay en témoignent — combien ceux-là mêmes qui mènent la politique française ignorent les desseins les plus notoires et les plus légitimes du pays allié; quand on voit l'optimisme des incompétents et l'inertie des satisfaits réduire à rien, dans les affaires les plus positives, les bénéfices légitimes que l'alliance devrait nous assurer, on se prend à désirer l'intervention de nouveaux éléments, qui rajeunissent l'information et les relations franco-russes.

Le numéro du 1er février contient deux documents dont le rapprochement ne manque pas l'ironie.

C'est d'abord un télégramme de Constantinople, qui apparaît comme un avertissement, et où on déclare qu'il n'y a point de négociations en cours pour les chemins de fer turcs.

*Constantinople, 31 janvier.*

Aucune négociation n'est engagée entre M. Bompard et le gouvernement ottoman au sujet de chemins de fer en Albanie ou en Asie-Mineure. Des concessions pour diverses lignes dans ces régions sont poursuivies depuis longtemps par des capitalistes et industriels, dont quelques Français, mais sans aucun résultat encore et sans aucune intervention de l'ambassadeur.

On en comprend la portée par l'éditorial du 31 janvier qui, à l'occasion du discours de M. d'Æhrenthal, s'abandonne au pessimisme que M. Tardieu refutait si brillamment le 14. M. Pichon n'a pas compris les avertissements. Peut-être sera-t-il plus sensible à la correction : Elle est magistrale.

*Le discours du comte d'Æhrenthal et la situation Européene.*

M. d'Æhrenthal a exprimé une idée qui est dans l'air. moins encore peut-être à Vienne et à Berlin qu'à Paris, Londres et Saint-Pétersbourg, une idée que nous traduirions volontiers en disant : on ne craint rien, mais on est inquiet de tout.

Il est notoire que cette opinion s'est fait jour non seulement à la tribune et dans les couloirs du Parlement français, mais aussi dans des journaux de toute nuance et de toute nationalité. Sans parler de ceux qui font au ministère une opposition de parti pris, il en est d'autres, moins hostiles, qui traduisent presque quotidiennement de telles appréhensions.

L'opinion qu'elles résument est à nos yeux exagérée, bien que justifiée en partie, mais pour d'autres raisons que celles qui sont d'ordinaire invoquées. On a reproché au *Temps*, dans les milieux parlementaires, au cours des derniers mois, d'être trop optimiste et même de bercer le public d'une sécurité illusoire. Nous persistons, en dépit de ce reproche, à penser que rien d'essentiel et de vital n'est changé dans les engagements qui nous lient à nos alliés et à nos amis.

Cependant si l'alliance franco-russe d'une part, les ententes franco-anglaise et russo-anglaise d'autre part ne sont ni brisées, ni même relâchées, d'où vient l'impression qu'elles le sont? De ce fait, selon nous, que ces combinaisons, tout en durant, ont fait preuve depuis deux ans — exactement depuis l'accord franco-allemand de 1909 — d'une stérilité presque complète. Elles existent. Mais c'est comme si elles n'existaient pas. On les célèbre. Mais on ne s'en sert pas. Elles sont matières à compliments, mais non pas instruments d'action. Elles ressemblent à des dogmes surannés, à des sacrements conventionnels qu'on oublie dans la vie quotidienne. Elles reposent dans les archives, sans se traduire en actes. Elles sont de droit plutôt que de fait. Elles ont passé l'âge de la fécondité et rien ne se crée plus par elles. Elles ne sont même plus capables d'harmoniser les initiatives particulières, et dans leur cadre majestueux, c'est un tableau d'ataxie qui frappe les regards étonnés.

Des preuves? Nous les avons données au jour le jour, et l'on n'a que l'embarras du choix. Le *Temps* a été le premier à signaler l'an passé le changement profond du dispositif militaire russe, changement qui a dégarni la frontière polonaise : Quant aux échanges de vue militaires franco-anglais, mieux vaut n'en pas parler. M. Clemenceau est le dernier ministre qui s'en soit préoccupé.

Dans l'ordre politique, même stérilité. On a vu l'annexion de la Bosnie-Herzégovine réalisée, du premier au dernier jour, selon le programme autrichien, malgré des initiatives successives russes, anglaises et françaises, discordantes sauf par leur résultat négatif. Plus tard la France et l'Angleterre n'ont même pas été capables de mettre d'accord leurs financiers. On a vu la Banque ottomane aux prises avec la Banque nationale. On a vu M. Charles Laurent, conseiller financier français, critiquer vivement les finances turques, sir Adam Block, président anglais de la Dette, les louer emphatiquement. On a vu les négociations de l'emprunt aller à l'aventure, sans plan économique corrélatif, d'un début non dirigé à un échec non évitable. Plus récemment, on a vu la Russie liquider avec l'Allemagne la querelle du Bagdad, sans que la France et l'Angleterre parussent ni l'avoir su ni s'en être émues.

Voilà ce que l'opinion sent de façon diffuse, et voilà ce qu'il faudrait corriger. En face d'une Triple Alliance qui agit, nous avons une Triple Entente qui dort, qui applique à tous les problèmes l'indolent « *Va bene !* » du gondolier de Venise et qui berce son optimisme au chant de son illusion.

La paix n'est pas menacée, c'est entendu. La France n'est pas isolée, c'est certain. Mais au sein de la paix, au cœur de nos alliances, de nos ententes et de nos amitiés, nous ne réalisons pas, et la moisson de demain n'emplira pas nos granges.

Le 3 février, c'est une question pressante au sujet des négociations qui s'ouvrent à Constantinople entre l'Angleterre et la Turquie pour le Badgad, Golfe Persique. Que deviendraient, s'ils aboutissaient, les projets d'accord franco-anglais de M. Tardieu.

Or M. Pichon, parlant le 16 janvier des projets de raccordement du Bagdad avec les chemins de fer persans, disait :

« En quoi la France est-elle intéressée dans cette affaire et pourquoi y ferait-elle opposition ? »

Il s'agit donc de savoir, dit M. Tardieu, si vraiment Anglais et Turcs se préparent à négocier, *et si l'on peut, sans compromettre la position de la France dans le grand problème des routes transasiatiques adopter l'attitude définie le 16 janvier 1911 par le ministre des Affaires étrangères.*

La question est directe et précise. Les critiques du 1er février eurent leur écho au Sénat. Répondant aux interpellateurs sénatoriaux à l'occasion du budget, M. Pichon fit applaudir une allusion aux déboires de M. Tardieu dans l'affaire de la N'Goko Sangha. La brouille était complète. M. Tardieu riposta vertement.

*Un débat de politique extérieure au Sénat.*

Le Sénat s'est occupé hier de politique générale.

M. de Lamarzelle, au cours de son intervention, a cité un article publié ici même mardi et dans lequel des faits depuis longtemps connus étaient rappelés et groupés avec cette conclusion incontestable que depuis deux ans, la Triple-Entente n'a pas donné les mêmes résultats que dans les quatre années précédentes. M. Pichon, dans sa réponse, a déclaré que cet article était le résultat d'une « évolution rapide » et qu'il lui serait aisé de « répondre à chacune des allégations qu'il contenait par des phrases extraites d'articles précédents. » Nous sommes obligés de constater que M. le ministre des affaires étrangères est mal servi par sa mémoire.

Le *Temps* a constamment soutenu la politique marocaine de M. Pichon.

Par contre est-ce la première fois que, sur d'autres questions, le *Temps* a manifesté de l'inquiétude, et M. le ministre des affaires étrangères est-il sûr à cet égard de la précision de ses souvenirs?

Et M. Tardieu reprend les critiques de ses articles, jusque-là savamment dissimulées sous les fleurs.

S'agit-il de notre politique orientale en général? Voilà des mois que nous en signalons les faiblesses, aggravées encore par les flottements de la politique anglaise. Le 29 novembre dernier nous écrivions : « La France et l'Angleterre n'ont rien su prévoir ni du côté turc ni du côté allemand. Tant pis; car pour réussir, il faut avoir un plan, et c'est trop tard pour s'occuper d'une question d'attendre qu'elle soit aiguë, envenimée de dissentiments personnels et surtout détachée des vues générales d'où viennent toujours les solutions. » Quelques jours après nous ajoutions : « Il faudrait savoir ce qu'on veut, et les représentants français et anglais en Orient semblent ne rien vouloir du tout. Ils professent la doctrine de l'inaction comme d'autres professent celle de l'action. Les problèmes se présentent par suite, tel le dernier emprunt, sans être encadrés, sans être préparés, voués d'avance à des solutions imparfaites que les circonstances imposent en dernière heure. »

S'agit-il des récents arrangements russo-allemands? On nous accordera que pour les critiquer, il fallait les connaître. Dès que le sens en a été précisé, nous en avons marqué le danger.

S'agit-il du discours même prononcé à la Chambre par M. Pichon le 12 janvier dernier?

Tout ce que nous avons écrit le 1er février, nous l'avions publié déjà, avec plus de netteté encore, le 14 janvier. Serait-ce à cet article que songeait hier M. le ministre des affaires étrangères en disant que, « il y a huit jours, le *Temps* trouvait *parfaite* sa politique étrangère »? Il y a là une question de sincérité que nous sommes obligés de poser par respect de nos lecteurs.

Sans doute, dans ces différents articles, nous avons dit et nous n'en retirons rien, que sur ces problèmes si mal engagés, M. Pichon avait, à de certaines heures, eu des vues justes, qu'il avait eu le tort de ne pas traduire en actes. Malheureusement son discours d'hier ne nous permet guère de garder cet espoir, puisqu'il estime que tout est pour le mieux. Aggravant l'excès d'optimisme par lequel, le 12 janvier, il avait — comme autrefois certains de ses prédécesseurs — étonné la Chambre, il a revendiqué pour notre politique extérieure l'honneur d'une sorte de perfection qui, en vérité, n'est pas de ce monde.

« Jamais l'entente cordiale n'a été plus intime et plus complète. » Que l'on explique alors le lamentable spectacle qu'elle offre depuis des mois à Constantinople; son impuissance à avoir soit en matière politique, soit en matière économique, soit en matière financière, une ligne commune et stable. Si en outre il était vrai, comme l'agence Havas l'affirmait hier, que les Anglais et les Turcs vont, comme les Russes et les Allemands, négocier à propos du Bagdad, on serait plus que jamais obligé de conclure que l'intimité complète affirmée par le ministre est une intimité stérile.

Sur les arrangements russo-allemands, même absence de démonstration, et qui plus est, d'inextricables contradictions.

Le *Temps* conclut donc que M. le ministre des affaires étrangères ne pouvait tenir pour nouvelles et imprévues les critiques publiées, il y a trois jours, à cette place; que ces critiques n'étaient en effet que le résumé d'articles antérieurs, datant les uns de six mois, les autres d'un an, les autres de deux ans et dont aucun ne jugeait « parfaite » notre politique; que par suite il n'était pas autorisé à parler, à ce sujet, d'évolution rapide et de changement brusque, surtout pour éviter ainsi de répondre à des questions dont l'intérêt est évident et que nous reproduisons ici :

*1° Comment le gouvernement français envisage-t-il — notamment en se reportant au discours de M. Pichon du 27 décembre 1909 — l'adhésion de la Russie à la construction du chemin de fer allemand de Bagdad?*

*2° Quelle attitude compte-t-il prendre, à la suite de cet accord, sur le grave et capital problème des routes transasiatiques!*

*3° Que sait-il des négociations annoncées sur le même sujet entre l'Angleterre et la Turquie, et quelle conclusion pratique tire-t-il de ce fait nouveau, s'il est exact?*

*4° Comment explique-t-il les contradictions relevées plus haut, entre les discours du ministre des affaires étrangères du 27 décembre 1909, 16 janvier 1911 et 2 février 1911?*

Ce n'est là, il est vrai, qu'une « opinion de journal », et M. Pichon n'en veut pas tenir compte. Mais il est arrivé parfois que les journaux vissent plus clair que les gouvernements. Et l'injustice de certaines attaques ne saurait les détourner de remplir, dans l'avenir comme dans le passé, le rôle utile, quoique modeste, qui consiste à éclairer le pays qui a droit à la vérite.

Mais le dernier coup fut porté lorsque le *Temps* publia le

9 février (numéro daté du 10) une information de Constantinople sur les négociations engagées au sujet des chemins de fer.

*Constantinople, 6 février.*

Je crois savoir que des négociations sont engagées et déjà assez avancées entre l'ambassade de France et le gouvernement turc, au sujet de diverses lignes de chemins de fer dont la concession serait accordée à l'industrie française.

Les lignes dont il s'agit sont désirées par la Turquie dans un intérêt surtout stratégique et militaire, et subsidiairement commercial.

Elles doivent desservir les unes l'Albanie, les autres le nord-est de l'Anatolie.

En voici la désignation et la longueur.

1° *Albanie* :

| | |
|---|---|
| Prichtina à l'Adriatique ......... | 275 kil. |
| Karaféria à Vallona ............... | 550 kil. |

2° *Anatolie* :

| | |
|---|---|
| Samsoun-Amassia-Sivas........... | 420 kil. |
| Sivas-Erzinghian-Erzeroum........ | 550 kil. |
| Trébizonde-Erzeroum ............ | 390 kil. |
| Total ................. | 2.185 kil. |

Le réseau construit par l'industrie française et qui représente déjà 2.000 kilomètres serait ainsi porté à 4.000 kilomètres, c'est-à-dire au même chiffre que le réseau dont la construction a été concédée à l'industrie allemande.

C'était en réalité l'exposé des projets poursuivis par M. Bompard, et qui n'ont abouti à des contrats d'études qu'en juillet 1911.

M. Tardieu, qui voyait ainsi sombrer ses espérances, les accueillit dans l'éditorial du lendemain avec la plus violente indignation. On y remarque une allusion piquante aux informations du *Petit Parisien*, dont M. Tardieu est rédacteur aussi et qui fut désigné devant la correctionnelle comme ayant puisé à la même source que le *Temps*.

Le quai d'Orsay paraît avoir été plutôt gêné par cette révélation. Il publia à ce sujet une note assez ambiguë.

M. Tardieu y répondit par un long article où il critiquait sans ménagement les projets que M. Bompard avait soutenus à Constantinople et qui n'ont abouti à une solution qu'en juillet 1911.

*La France et les chemins de fer turcs.*

Le *Temps* a publié hier une information de son correspondant de Constantinople annonçant que des négociations étaient engagées entre le gouvernement turc et l'ambassade de France au sujet de la concession des lignes de chemins de fer. Notre confrère *le Petit Parisien* avait déjà annoncé mercredi : « Nous pouvons dire, dès à présent, que la France et la Turquie ont engagé des pourparlers amicaux qui touchent au problème si complexe d'Asie-Mineure. La Porte a été saisie de l'ensemble de nos desiderata économiques. »

Une note communiquée hier soir par le Ministère des Affaires étrangères, et qu'on lira plus loin, confirme nettement que « des pourparlers sont engagés depuis assez longtemps avec la Turquie au sujet des lignes de chemins de fer à la construction desquelles pourraient s'employer les capitaux et l'industrie français ». Toutefois la note ajoute que ces pourparlers, engagés « depuis assez longtemps », sont « trop peu avancés pour permettre, à leur sujet, des indications précises ». Elle ajoute aussi que « certaines des lignes » dont a parlé notre correspondant « n'ont pas donné lieu à des négociations de notre part ». Il en ressort donc que certaines autres — mais on ne dit pas lesquelles — ont réellement fait l'objet de négociations suivies. Des « indications précises » seraient donc, semble-t-il, possibles à ce sujet. La note officielle conclut que les conversations portent sur l'ensemble de nos intérêts en Turquie et qu'elle n'ont cessé d'avoir un caractère amical conforme aux rapports des deux pays et à nos relations générales avec les autres puissances.

C'est là une confirmation à peine restrictive du télégramme publié par le *Temps*.

Il faudrait savoir de quelles lignes il est encore question, car *à notre sens tous les éléments sans distinction de ce programme comportent de graves inconvénients.*

Il y a des difficultés techniques considérables, mais cela n'est pas essentiel. Le programme est stratégique. Or, en matière de chemins de fer, il faut examiner les conséquences politiques.

Le tout n'est pas de demander des concessions, ni de les obtenir. L'essentiel, c'est de les choisir. Or, celles dont on fait luire à nos yeux la séduisante addition seraient — sans en excepter — les plus mal choisies qui se pussent concevoir et provoqueraient contre la France de graves mécontentements.

Considérons les deux lignes projetées dans la Turquie d'Europe.

Aux anciens projets d'intérêt international qu'on avait proposé à l'entente des gouvernements russe, italien, serbe et français pour le Danube Adriatique se substitue une ligne turque d'intérêt stratégique.

On y heurterait du reste la pénétration autrichienne et italienne : *Pourquoi la France qui n'a dans cette région ni tradition ni commerce irait-elle leur faire concurrence?*

On renonce aux premiers projets de Danube Adriatique élaborés d'accord entre les intéressés.

Contre les lignes projetées en Anatolie, les objections politiques seraient plus fortes encore, surtout pour le Sivas-Erzeroum et le Trébizonde-Erzeroum. Ces deux lignes, appelées à desservir une région où notre position commerciale est insignifiante, auraient un caractère nettement stratégique. Et contre qui? Contre la Russie. Il faudrait tout ignorer de l'histoire diplomatique de l'Orient pour ne pas savoir que l'objet constant de la Russie a été d'éviter, dans cette région, la construction de voies ferrées de nature à menacer soit sa propre frontière, soit celle de la Perse. Elle a obtenu à cet égard, il y a plusieurs années, des engagements de la Turquie. Elle vient d'en obtenir de l'Allemagne, et c'est en promettant de ne pas construire d'embranchements de son Bagdad au nord de Sadije que celle-ci a gagné, après dix ans de refus, l'adhésion de la Russie à son programme de chemin de fer. Est-ce à ce moment qu'on irait, avec de l'argent français, faire ce que l'Allemagne s'est engagée à ne pas faire — ce à quoi la Russie, même si elle l'acceptait par discipline d'alliance, ne se résignerait qu'à regret? Poser cette question, c'est y répondre.

Voyons plus loin d'ailleurs : ce n'est pas seulement — si

grave que ce soit — parce que ces projets irriteraient le Montenegro, la Serbie, la Grèce, l'Italie, l'Autriche et la Russie qu'ils seraient inacceptables pour la France ; c'est aussi, c'est surtout parce que la négociation d'où ils résulteraient serait contraire à ce qu'exige en ce moment l'intérêt national. Est-ce à l'heure où l'accord russo-allemand révèle de la part de nos alliés une certaine tendance à l'action autonome ; à l'heure où les événements de l'année dernière font éclater le défaut de concert actif en Orient de la France et de l'Angleterre ; à l'heure où l'on sent que les puissances de la Triple-Entente, tout en gardant et en développant des relations correctes, courtoises et amicales avec celles de la Triple-Alliance, doivent, en vue de l'action politique et économique, se grouper et se masser, — est-ce à cette heure que la France pourrait donner l'exemple d'un cavalier seul insouciant, mordre à l'hameçon d'un total kilométrique, sacrifier à la folie du rail l'avenir de ses alliances et de ses amitiés ? Le *Bulletin de l'Asie française*, déjà cité, dit à ce sujet : « Ce serait pousser la Triple-Entente vers l'émiettement auquel une certaine diplomatie espérait sans doute commencer à s'acheminer en engageant les pourparlers de Postdam. »

Construire des voies ferrées dans celles des provinces turques où nous avons le moins d'intérêts commerciaux, où des intérêts antérieurs se jugeraient menacés par notre intervention ; sur un terrain où nos alliés ont obtenu de leurs rivaux mêmes l'abstention dont nous sortirions, ou sur un autre où les puissances de la Triple-Entente ont naguère établi un programme plus vaste et toujours existant bien qu'ajourné ; pousser ainsi la Turquie à une politique de chemins de fer militaires qui irritera ses voisins en chargeant son budget de lourdes garanties très médiocrement compensées, — voilà, en vérité, ce qu'on nous propose et que nous semblons accepter au moins fragmentairement. Il suffit de lever le voile pour que la lumière éclate à tous les yeux.

Dès le mois de mars, des lettres de Constantinople dénonçaient à l'*Action Nationale*, revue dirigée alors par M. T. Steeg, aujourd'hui Ministre de l'Intérieur, l'origine équivoque des documents utilisés dans l'article du *Temps*, du 10 février. On y signale que les arguments de M. Tardieu ne sont pas de son crû, mais empruntés aux correspondances diplomatiques qui signalent de la part des puissances étrangères les oppositions qu'appuie si vigoureusement le *Temps*.

« M. André Tardieu, rédacteur au *Temps*, ne vient-il pas de casser les vitres, avec un zèle patriotique, signalant aux Russes, aux Italiens et aux Autrichiens, combien la France pouvait leur faire de tort en chassant sur leurs terres? Il s'agirait surtout pour lui de se venger sur l'ambassadeur de France à Constantinople de l'insuccès de « son chemin de fer », le fameux Homs-Bagdad, dont je vous ai parlé dans ma précédente lettre et qui devrait être le seul objectif — d'ailleurs impossible à atteindre — de la politique française, et aussi sur M. Pichon lui-même du lâchage de l'affaire de la N'Goko-Sangha, rien d'aussi significatif, ni de plus cynique que son article odieux du 10 février dernier.

Le programme consistait à obtenir en compensation de la construction du Bagdad allemand 2.000 kilomètres de voies que construirait et exploiterait l'industrie française.

La solution est excellente et inespérée. Mais elle ne fait pas l'affaire de tout le monde, surtout pas celle de M. Tardieu, dont la ligne n'est pas comprise dans le programme turc. La thèse de M. Tardieu dans son article ne lui appartient malheureusement pas à lui seul. Elle est extraite — tout comme les renseignements qu'il dit avoir reçus de Constantinople, — des lettres officielles échangées par les Ambassades avec le Quai d'Orsay, où il a accès. La Russie voudrait s'opposer à toute construction de chemin de fer arménien, mais elle ne pourra pas l'empêcher. C'est le seul moyen pour la Turquie d'apporter un peu d'ordre dans ce pays, où la distance et la difficulté des communications sont la cause principale de la misère, des abus et des massacres. Déjà des Américains et des Belges se sont présentés pour construire ces lignes et l'on traitera avec eux si nous faisons la petite bouche. Il en sera de même en Albanie, d'où nous devrions nous retirer pour faire plaisir aux Italiens. Il est vraiment extraordinaire que le gouvernement français ne doive jamais penser qu'aux autres qui, d'ailleurs, ne le lui rendent guère et savent bien traiter leurs affaires sans nous.

Il y a deux choses certaines. Les voici : 1° c'est que les Turcs ne donneront ni des chemins de fer en Arménie aux Russes, ni en Albanie aux Italiens ; 2° c'est qu'ils y construiront des chemins de fer, et si ce n'est pas avec nous, ce sera avec des Américains, des Belges ou des Allemands. La conclusion, c'est qu'il vaut mieux pour nous qu'ils traitent avec nous, car nous pourrons l'affaire terminée, faire une juste part aux intérêts russes et italiens, chose que les autres ne feraient pas.

Le momet est propice. M. Revoil (1) vient de faire un coup de maître en se mettant d'accord avec Djavid bey sur toutes les questions discutées entre le Gouvernement turc et la Banque Ottomane. Le *Tanine* a reconnu formellement que cet accord aura une grande influence sur tous les rapports de la Turquie et de la France, et rien ne paraît plus vrai. Il a suffi d'un mois à un homme ayant de l'autorité et de la décision pour débrouiller une situation des plus confuses. Mais c'est qu'on n'a pas essayé de le tenir en bride à Paris comme on l'a fait et comme on le fait encore pour M. Bompard, qui est aussi combattu à Paris que bien en cour à Constantinople.

L'heure n'était pas loin où le public allait apprendre le but et l'origine de la campagne de M. Tardieu. Le *Temps*, qui a continué ses informations dans tout le courant de février sur le problème des chemins de fer turcs et les négociations anglo-turcs, garde maintenant le silence.

Dans la coulisse se poursuit l'enquête discrète qui va amener la *bande du quai d'Orsay* sur les bancs de la correctionnelle.

***

## Dénoûment. — Du Quai d'Orsay à la Correctionnelle.

Le 6 avril, le *Temps* devait cependant parler à nouveau de l'affaire d'Homs-Bagdad. Ce fut pour annoncer l'arrestation de Bernard Maimon, arrêté, le 31 mars sur la plainte déposé le 18 février, par M. Pichon et accusé d'avoir, avec la complicité de son secrétaire Pallier et de M. Rouet attaché

(1) Après de trop longues hésitations qui ne sont pas étrangères aux malentendus de 1910, la Banque Ottomane venait de se résigner à faire peau neuve, en se décidant à remplacer M. Deffès son directeur du temps d'Hamid par M. Revoil. La réconciliation en fut grandement facilitée.

au Ministère des Affaires Etrangères détourné de nombreux documents relatifs aux questions orientales, et particulièrement à l'affaire du chemin de fer d'Homs-Bagdad.

Le *Temps* exposait brièvement les faits et terminait sa note par une déclaration du concierge de Maimon, qui se portait fort de l'innocence d'un locataire aussi sympathique.

Cependant l'instruction se poursuivait. Nous en donnons d'après le *Temps* les étapes successives :

*Temps* du 8 avril.

D'après certaines personnes Maimon était un correspondant occasionnel de l'*Evening Times* de Londres. Or, on se rappelle que c'est dans ce journal que parut en janvier dernier le texte jusque-là tenu secret de l'accord russo-allemand de Potsdam. On en a donc été porté à se demander si ce n'est pas par l'intermédiaire de Maimon que le journal anglais a eu connaissance de ce texte que l'agence Havas communiqua le même jour aux journaux français, d'après l'*Evening Times*. On avait cru jusqu'ici que la source du journal anglais avait été Berlin. Si cette divulgation pouvait être définitivement attribuée à Maimon, elle servirait à l'inculpation contre Rouet, mais elle n'a pas été de nature à compromettre la sûreté de l'Etat français.

Quant à l'hypothèse de la communication par l'Allemagne à la Russie de documents livrés par Maimon, documents de nature à prouver que la France suivait en Turquie une politique hostile à celle de son alliée, on estime dans les milieux autorisés que c'est une hypothèse fantaisiste, la politique de la France en Orient n'ayant jamais été opposée à celle de son alliée.

Cette dernière note est quelque peu contradictoire avec les dénonciations apportées par M. Tardieu contre M. Bompard dans son article du 10 février (voir p. 104).

On voit seulement qu'il avait le souci de limiter la portée de l'incident.

Le lendemain une note de Londres révélait le commerce de documents diplomatiques auxquels se livrait Maimon, et qui s'alimentait largement à Constantinople où d'ailleurs Youssouf Saïd Bey, fut arrêté vers cette époque.

M. Maimon est loin d'être à Londres un inconnu. Si j'en

crois des informations de source sérieux, il vendit récemment à deux amateurs anglais soixante-dix volumes contenant des documents officiels turcs après avoir vainement tenté d'intéresser à cette collection le quai d'Orsay d'abord, puis le Foreign Office.

Suit un historique du projet d'Homs-Bagdad, « dont l'origine première est gouvernementale ».

Le *Temps* rappelle d'abord la demande faite par M. Pichon à Naoum Pacha en décembre 1909 (1), renouvelée par M. Bompard en avril 1910 auprès de Rifaat Pacha.

Cette demande ne reçut point de réponse et ne fut pas renouvelée depuis lors. Il semble que le gouvernement français et le gouvernement anglais aient renoncé depuis plusieurs mois au projet qu'ils avaient formé en 1909 et en vue duquel divers groupements importants français et anglais s'étaient concertés dans le courant de 1910, au vu et au su des deux gouvernements, qui furent tenus au courant de leurs négociations.

Il convient d'ajouter que lors des négoctiations franco-anglaises de 1909, la question du Homs Bagdad apparaissait comme un moyen de rétablir l'équilibre dans l'Asie antérieure entre les intérêts allemands d'une part, les intérêts franco-anglais d'autre part, que les deux gouvernements s'accordaient à trouver trop peu défendus.

L'opposition de l'Allemagne, dont la Turquie se fit l'instrument, paraît avoir déterminé dans le courant de l'été dernier l'arrêt de négociations qui, nées de l'initiative des gouvernements intéressés, devenaient sans objet par suite d'une opposition d'ordre politique. (*Temps*, 9 avril).

Les documents à examiner étaient beaucoup plus nombreux que la veille, mais ne présentaient qu'un médiocre intérêt. Très peu des pièces saisies provenaient du quai d'Orsay. Presque toutes avaient été envoyées de l'étranger à Maimon. On a trouvé un certain nombre de documents en langue turque relatifs aux chemins de fer ottomans. D'autres pièces, d'origine anglaise ou allemande, ont trait à la politique générale, mais sont sans intérêt pour l'instruction actuelle.

---

(1) D'après M. Gaudolphe (*Liberté*, 10 Mars 1912), ce serait le 12 janvier 1910 que « sur les suggestions formelles de nos ambassadeurs, notamment M. P. Cambon, M. Pichon aborda la question avec l'ambassadeur de Turquie.

Cependant le 24 avril des précisions intéressantes apparaissent. L'importance des documents ne peut plus être niée.

*En présence de l'inculpé, qu'assistait Me Decugis, il a continué d'abord l'inventaire d'une liasse de pièces diplomatiques touchant non plus au chemin de fer de Homs-Bagdad, mais bien à la politique générale. Le juge lui a demandé l'usage qu'il en avait fait. Maimon a protesté de nouveau, disant qu'il n'avait communiqué aucune de ces pièces à un gouvernement étranger ; il ne s'en est servi que pour des articles de journaux, articles uniquement écrits dans le sens de la politique française.*

Et surtout, la lettre d'aveux adressée par Rouet au juge d'instruction précise un point essentiel :

*Pour ma part, je lui ai remis une vingtaine de pièces, notamment un résumé de la convention russo-allemande à Potsdam et des renseignements sur les notes confidentielles échangées entre M. Pichon et l'ambassadeur de France à Constantinople.*

*Temps*, du 24 avril 1910.

C'est donc bien la source, indiquée par l' *Action Nationale* des documents utilisés le 10 février 1911 par M. Tardieu dans son éditorial sur les chemins de fer turcs.

Le 30, nouvelle et importante précision.

Cependant le juge extrait des scellés vingt documents et les met sous les yeux de Rouet. Celui-ci reconnaît aussitôt quatre pièces concernant le Homs-Bagdad, mais il déclare que les seize autres papiers lui sont inconnus. Ce sont des lettres confidentielles de M. Pichon et de Hakki bey, grand-vizir, des instructions secrètes aux ambassadeurs, qui n'ont pas passé, croit-on, par le service auquel était employé Rouet. (*Temps*, 30-4-10).

Les journaux annoncent que M. Adrien Hébrard, directeur du *Temps* a été appelé à l'instruction, et M. Félicien Challaye, dans l'*Humanité* publie un résumé des négociations sous ce titre pressant : *Rouet et Maimon vont être jugés... et Tardieu* ?

M. Tardieu fonctionnaire et journaliste devait cependant échapper à la correctionnelle et les juges pour une fois effacèrent du code en sa faveur le mot de complicité.

On assure que ce fut sur les instructions formelles données au Procureur de la République par M. Pichon lui-même, dans le cabinet même de M. Briand.

*
* *

Avant de donner le texte des jugements de la correctionnelle qui clôturèrent cette mémorable aventure, il nous paraît curieux de reproduire les renseignements qu'à l'époque *Paris-Journal* publia sur l'étrange aventurier qui partage avec M. Tardieu les honneurs de cette histoire.

Maimon serait d'origine sémite et galicienne. Recueilli par l'*English Church Mission*, il fut élevé à Londres et baptisé, devenu citoyen anglais, il fut nommé professeur du *High School* de la mission. Il se maria à Berlin et fut désigné pour faire partie de la mission envoyée à Bagdad. Il y mena si grande vie, en 1883 que cela donna idée au consul d'Angleterre de le faire enquêter. On vérifia sa caisse, ce qui eu pour résultat de l'obliger à quitter précipitamment la Turquie.

Après un voyage à Berlin il revint en Turquie où il ramenait un marchand allemand de tapis et d'antiquités. Mais son passé lui pesait. Il réussit alors à obtenir un *fetva*, ordonnance religieuse, lui ouvrant l'accès des mosquées. Mais sa femme se plaignit à l'ambassadeur d'Angleterre qui l'empêcha de donner suite à ses intentions de conversion.

Un an plus tard il aurait réussi en se servant de sa qualité de citoyen anglais à faire chanter Abdul-Hamid. Mais cette fois encore il dut fuir la Turquie. Il fut alors, semble-t-il, l'espion du sultan. (Il aurait, dit le *Temps* coopéré à la fuite de certains Jeunes-Turcs, que d'ailleurs il surveillait à Paris). Enfin il aurait employé envers certaines familles turques tous les moyens connus de chantage.

Quant à l'affaire de Bagdad, l'auteur de l'article fait observer, ce qui est exact, qu'il ne fut jamais concessionnaire :

Lorsque le Sultan-Rouge fut chassé d'Ildiz-Kiosk, Maïmon se présenta au sultan actuel et lui parla au nom d'un important groupe de financiers. Il poussa même l'audace jusqu'à prononcer des noms très connus. Et le sultan lui promit d'examiner avec soin la demande.

Cela suffit à l'aventurier pour se faire confier 20.000 livres turques par un groupe d'hommes d'affaires « comme frais préliminaires ».

Mais la concession fut, peu après, officiellement donnée à la compagnie actuelle et, une nouvelle fois, Maïmon quitta la Turquie.

Voici sur le même personnage une note de la *Gazette de Francfort* datée de Constantinople (9 avril) :

Il y a dix ans il chercha à obtenir une concession pour la ligne de Bagdad avec un M. Rechnitzer de Londres. Ils formèrent même un syndicat anglais, toutefois ils ne réunirent jamais de grands moyens. Maimon et Rechnitzer gagnèrent un beau-frère du sultan, le toujours besogneux Mahmoud Damad Pacha et sa femme, la princesse Senia. Ils réussirent même à faire tenir à Abdul Hamid un grand plat d'argent où leur tracé du Bagdad était dessiné en émeraudes et en rubis. Les deux faiseurs cherchèrent à peser par l'intermédiaire du harem sur les décisions du sultan. L'affaire échoua et se termina par la fuite de Mahmoud qui devait être arrêté.

Tel est le personnage qui documentait à l'aide de pièces volées les campagnes que M. André Tardieu, inspecteur général adjoint des services administratifs au ministère de l'Intérieur, menait contre les projets de l'ambassadeur de France à Constantinople. Si l'on veut bien se rappeler que M. André Tardieu dirige les services de politique étrangère au *Temps* et au *Petit Parisien*, la lecture du peu de documents qui ont échappé au huis clos du procès ne laissera subsister aucun doute.

***

Voici du reste les parties essentielles du compte rendu des débats tel qu'il parut dans le *Journal* du 23 mai.

Ce très rigoureux huis clos fut précédé d'un prologue... public, en ce sens que le tribunal avant de faire droit aux requisitions de l'avocat de la République, M. le substitut Regnault, avait été invité, au contraire, par la défense à ordonner la publicité des débats.

Voici du reste les conclusions qu'avait déposées dans ce sens Me Du Laurens de la Barre :

« Plaise au tribunal.

« Attendu que la publicité de l'audience est un principe auquel il n'est permis de déroger qu'en cas de nécessité absolue et d'utilité certaine ;

« Attendu que les renseignements et documents prétendus secrets visés par la poursuite sont en tout cas, aujourd'hui rendus publics soit par le fait des prévenus, soit par le fait d'autrui, soit par le fait du ministère des affaires étrangères même, *dont le représentant a cru pouvoir déclarer secrets des renseignements expressément livrés à la plus large publicité dans divers journaux, notamment le Temps, l'Echo de Paris et le Petit Parisien*, bien antérieurement aux actes reprochés aux concluants et pour l'un de ces faits deux mois auparavant ;

« Que ce huis clos n'aurait donc plus d'autre intérêt que de céler au public les incroyables erreurs, contradictions, invraisemblances et contre-vérités hasardées par l'administration plaignante au soutien de la prévention ;

« Qu'au contraire, la publicité des débats permettra à l'opinion publique, affolée par les communiqués du ministère à la presse, de se rassurer et de constater que les prétendus actes d'espionnage qui auraient compromis la sûreté de l'Etat se réduisent à des indiscrétions dont Rouet regrette profondément la gravité professionnelle, mais qui ne sauraient tomber sous le coup de la loi du 18 avril 1886.

« Par ces motifs,

« Dire qu'il n'y a lieu à huis clos;

« Ordonner qu'il sera procédé aux débats en audience publique et joindre au fond les dépens de l'incident. »

Me Du Laurens de la Barre ayant immédiatement développé ses conclusions, a été amené à dire au cours de son argumentation :

— Deux faits principaux constituent la base de la prévention. L'un d'eux concerne la publication des propositions russes à l'Allemagne.

Le président intervenant aussitôt:

— Maître, s'écrie-t-il, vous devez, vous le savez, plaider seulement sur le huis clos...

L'avocat de l'élève consul Rouet continuant:

— L'autre a trait à un voyage dont on a parlé deux mois avant l'arrestation de nos clients...

— J'interviens à mon tour interrompt M. le substitut

Regnault. Ce qu'on vient de dire, c'est encore le fond et je proteste.

— Et moi, réplique Me du Laurens de la Barre, je persiste à soutenir que la publicité est nécessaire : que ce soit là une leçon pour l'administration.

Le tribunal, que préside M. Locard, assisté de MM. Deguaran et Ducastaing, juges, estime cependant qu'il y a lieu d'ordonner le huis clos étant donné que les débats doivent porter sur des documents confidentiels pouvant intéresser la sécurité intérieure de l'Etat et dont on va discuter la valeur.

Le 3 juin avait lieu le prononcé du jugement. Nous en donnons d'après le *Journal* de larges extraits :

Attendu qu'à la suite d'une surveillance minutieuse, tant au cours de l'enquête qu'au début de l'instruction, Pallier a été arrêté, le 31 mars 1911 dans la matinée, au moment où il rapportait rue Dupont-des-Loges, chez René Rouet, un document original emporté la veille au soir par celui-ci du ministère des affaires étrangères où il était attaché en qualité d'élève consul, et remis à Maimon qui l'avait fait copier dans la nuit par son secrétaire Pallier ;

Qu'une perquisition immédiatement opérée chez Maimon a fait découvrir, sur son bureau, la copie à la machine à écrire en trois exemplaires de ce document et, en outre, un grand nombre de pièces et de copies de pièces, parmi lesquelles *quarante-deux qui figurent sous les scellés 2 et 2* bis, *ont été aussitôt indiquées par Maimon comme étant des copies de quarante-deux documents provenant du quai d'Orsay et procurés par Rouet du 1er janvier au 31 mars 1911...;*

Attendu que Maimon avait exposé à Rouet les études entreprises et les efforts faits par lui depuis plusieurs années pour obtenir au profit d'un groupe de personnalités françaises et étrangères la concession d'un chemin de fer en Orient; que René Rouet, auquel fut promise une participation (paraissant devoir être de 30.000 francs), accepta d'entrer dans les vues de Maimon et de favoriser éventuellement l'action de son groupe en lui fournissant les indications et les renseignements que sa situation au ministère des affaires étrangères lui permettrait de recueillir, et que Maimon utiliserait, le cas échéant, soit par des démarches directes, soit pour chercher à exercer une pression par la publication d'articles ou d'informations, notamment dans un journal étranger dont il était devenu le correspondant vers la fin de 1910;

Attendu, en ce qui concerne les copies de documents dont la vente a déterminé la plainte du ministère des affaires étrangères, que, malgré des présomptions graves, il n'y a pas de preuves suffisantes contre Maimon, ni *à fortiori*, contre Rouet, que ces copies aient été établies par Maimon ou pour son compte sur des pièces officielles divulguées par Rouet, ni que la vente ou la mise en vente ait été opérée par Maimon ou en son nom ; *que, d'autre part, ces documents sont inconnus du tribunal, sauf pour quatre d'entre eux visés sommairement dans une lettre du ministre des affaires étrangères, et que, par suite, il ne serait pas possible, le cas échéant, d'apprécier leur caractère et leur importance* (1) ;

Attendu, dans ces conditions, qu'il n'y a lieu de retenir, pour l'examen de la prévention, que le document rapporté par Pallier le 31 mars 1911 chez Rouet, les quarante-deux documents dont les copies forment les scellés 2 et 2 *bis*, et qui ont été communiqués de janvier à fin mars 1911, et enfin les documents ou renseignements tirés de pièces officielles et divulguées à partir de février ou mars 1910 (2) ;

En ce qui concerne l'importance des documents diplomatiques :

*Attendu que le plus grand nombre des documents et renseignements communiqués se rapportent à la politique étrangère de la France en Orient*, surtout au point de vue économique, financier, industriel ou commercial ; que d'un point de vue général *d'autres se rattachent à l'action diplomatique de la France, principalement mais pas uniquement en Orient, en tant qu'elle s'exerce isolément ou concurremment ou conjointement avec celle d'autres Etats ayant des intérêts analogues, distincts ou contraires* (3) ;

Attendu que sans aller jusqu'à poser en principe qu'un document diplomatique quelconque est, par sa nature même, secret et confidentiel, et intéresse dès lors la sûreté intérieure de l'Etat, on trouve dans les deux catégories qui viennent d'être spécifiées des pièces remplissant les conditions exigées par la loi de 1886 ;

*Que plusieurs d'entre elles contiennent soit des appréciations et*

---

(1) Ainsi une partie des documents a été retirée du dossier sans que le tribunal ait pu en prendre connaissance.

(2) Il faut remarquer que c'est la date où commence l'intervention de M. Tardieu et son association avec Maimon. Il eut été intéressant, à ce point de vue, de savoir comment Rouet fut introduit à son poste du quai d'Orsay. Mais la justice ne s'est pas montrée curieuse.

(3) On reconnaît là les documents qui ont documenté l'article du 10 février.

*même des critiques formulées par nos agents sur des personnalités étrangères ou des gouvernements étrangers, soit des confidences faites à nos agents, soit l'exposé de la situation intérieure, des aspirations publiques ou secrètes de plusieurs pays, des tendances de certains gouvernements et de la répercussion qu'elles peuvent avoir sur la situation générale internationale, soit le texte ou l'analyse d'instructions adressées par le quai d'Orsay,* à des agents diplomatiques ou consulaires et que parfois Maimon a qualifiées lui-même de documents de grande importance... ;

*Attendu que la divulgation de ces documents ou renseignements aurait pu être de nature à entraver ou contrarier l'action du gouvernement français ou de ses agents en faisant suspecter leur bonne foi ou leur discrétion, ou en révélant les plans ou les efforts de notre diplomatie relativement à un certain nombre de questions ou de problèmes internationaux.*

Nous passons les attendus qui traitent de la question de droit.

Attendu toutefois qu'il y a lieu de tenir compte à Rouet de son entrée récente dans la carrière diplomatique et de l'ascendant pris sur lui par Maimon ; qu'il échet également de retenir que les prévenus ont agi non pas avec l'intention préméditée de trahir les intérêts français, puisqu'il est avéré que Rouet aurait pu livrer des documents beaucoup plus importants, *mais au profit d'une entreprise industrielle et financière qui ne paraît pas illicite en soi, et aussi pour permettre à Maimon d'affermir, par la sûreté et la valeur de ses informations, sa situation de correspondant, fortement rémunérée, d'un journal étranger ;*

Qu'en outre, si les documents ou renseignements livrés, ou du moins un certain nombre d'entre eux, intéressent la sûreté intérieure de l'Etat, leur divulgation ne semble pas avoir pu l'exposer à un danger grave et immédiat ; qu'enfin rien ne permet de supposer que les prévenus aient été en relations avec des gouvernements ayant des vues ou des intérêts directement contraires à ceux de la France ;

Que ces considérations permettent de modérer la peine dans une certaine mesure.

Peu après, la Chambre des appels se prononça. Nous citerons seulement un de ses considérants :

... Considérant que les documents en question sont soit des

lettres adressées par un agent diplomatique ou consulaire au ministère des Affaires étrangères, soit des instructions envoyées par le ministre à ses agents, soit des notes rédigées par des directeurs du ministère pour le ministre lui-même, — que par leur nature même ils sont confidentiels, que d'ailleurs un de ces documents portait la mention « secret » et plusieurs, la mention « réservé »...

La cour élève à trois ans de prison la peine prononcée contre le jeune consul Rouet, maintient celle de deux ans infligée en première instance à l'étranger Maimon, et réduit à un mois en ce qui concerne son secrétaire Pallier.

Elle continue à ignorer l'évidente complicité de M. Tardieu.

***

## Conclusion.

A l'heure même où se terminait ainsi, misérablement, ce roman diplomatique qui avait un temps occupé les chancelleries et troublé les ambassades, une autre affaire, celle de la N'Goko-Sangha où se retrouvent deux des principaux personnages de l'Homs-Bagdad, le ministre trop débonnaire et le journaliste trop ambitieux, aboutissait à une crise diplomatique retentissante. M. E.-D. Morel, dans le *Daily News*, a raconté ces histoires sous ce titre heureusement un peu excessif : *Pourquoi on fait les guerres*. Il est piquant de voir, par le rapprochement des deux aventures, qui sont de même ordre, et dont les personnages en somme se valent, qu'il n'y a pas grande différence entre celle qui fait retentir les tonnerres de la diplomatie et celle que conclut la lecture morale d'un jugement de tribunal.

Un vœu sera notre conclusion, c'est que la justice intervienne plus souvent, et que la diplomatie se garde soigneusement de ces contacts qui sont fâcheux quand ils ne sont pas dangereux.

# Post-scriptum.

Les documents que l'on vient de lire ont été publiés dans le *Rappel, le Courrier Européen* et *le Cri de Paris*. Ils on fait l'objet de divers commentaires dont nous citerons seulement ceux de Félicien Challaye dans l'*Humanité* et la *Revue du Mois* (Le journalisme d'affaires). Enfin il y a quelques jours, M. Jaurès leur a consacré à la Chambre des députés une partie de son magnifique discours que nous croyons devoir reproduire ici, car il fournit une admirable conclusion à ces pages.

Le rôle que des journalistes du *Temps*, le rôle qu'un grand journaliste du *Temps*, M. Tardieu, a joué sous le ministère Pichon dans toutes ces affaires, dans toutes ces combinaisons, sera un des étonnements et une des tristesses de l'histoire de la France. (*Applaudissements à l'extrême gauche.*)

Ah ! messieurs, c'est chose grave qu'un homme disposant tous les jours, dans l'ordre international, de la tribune du journal qui a eu le plus longtemps, auprès des chancelleries, le plus grand crédit, c'est chose grave que cet homme, dont les ministres trop souvent redoutent l'hostilité, c'est chose triste qu'il ait pu, sous des raisons, sous des prétextes d'intérêt national, tenter d'imposer des affaires où ses amis et lui étaient personnellement engagés.

Et quel trouble dans notre politique, quelle confusion, quel flottement, quel discrédit de notre diplomatie auprès de l'étranger, quand l'étranger constate que c'est à des combinaisons de cet ordre qu'aboutit obscurément la diplomatie officielle ! (*Applaudissements à l'extrême gauche.*)

Et ce n'est pas seulement dans l'affaire de la N'Goko-Sangha, c'est dans une autre affaire que vous connaissez qu'ont éclaté l'audace de ces interventions et la faiblesse du ministre des affaires étrangères.

M. Jaurès résume alors brièvement les origines de l'affaire, d'Homs-Bagdad et rappelle la lettre où M. Tardieu racontait à M. Pichon les déceptions de son voyage à Londres et son étonnement de n'avoir pas trouvé chez M. Cambon la même déférence à ses projets qu'après du ministre lui-même.

Or, j'ai trouvé M. Cambon sur un terrain tout différent. » (*Mouvements divers.*)

Voilà, messieurs, comment a été conduite dans toutes ces affaires, la diplomatie française.

Pour se faire valoir, les hommes d'Etats cachent au pays, la réalité de concessions faites par eux et, pour désarmer le mécontentement, légitime alors, de ceux auxquels ils ne tiennent pas parole parce qu'ils se sont engagés étourdiment au delà de ce qu'ils pouvaient tenir et avouer, ils courent après d'autres combinaisons, après des conventions subsidiaires. Ils y rencontrent naturellement des gens d'affaires sous des déguisements plus ou moins variés. Ils en sont réduits, pour s'excuser à leurs propres yeux de se laisser entraîner à demi dans ces combinaisons, à les couvrir d'un prétexte patriotique. *(Applaudissements sur divers bancs.)*

Et c'est ainsi que se mêlent et que se brouillent les choses de la France avec les choses de financiers peu désintéressés. *(Très bien ! Très bien !)*

La conclusion de l'épisode dont je vous parlais tout à l'heure, c'est devant la justice correctionnelle qu'elle s'est déroulée. La troupe qui poursuivait ainsi, à demi couverte par M. Pichon, l'opération d'Homs-Bagdad, l'opération de la N'Goko-Sangha, pour pouvoir peser sur le ministre, pour pouvoir mener à temps des campagnes de presse internationales qui le gênent et l'intimident, cette bande avait, au quai d'Orsay, un voleur appointé, l'associé du journaliste dont je parlais tout à l'heure, et je n'engage pas en ce point, car je ne veux pas aller au delà du fait démontré, la responsabilité personnelle de celui-ci, mais l'associé du journaliste dans l'affaire de Homs-Bagdad, l'aventurier Maimon, qui avait essayé d'obtenir d'Abdul-Hamid la même concession en lui envoyant un plat d'or sur lequel des rubis et des diamant dessinaient le tracé du futur chemin de fer, — admirable symbole du patriotisme universel ! *(Rires et applaudissements à l'extrême gauche.)*

M. Maimon était, dans l'affaire, le correspondant, l'associé, le négociateur de M. Tardieu, et c'est pour lui que l'agent Rouet volait les documents du quai d'Orsay, commentés dans le journal le *Temps*.

Nous avons discuté ici, vous savez, la convention germano-russe de Postdam. Elle était importante, elle était grave ; elle jetait une vaste lumière sur des perspectives nouvelles de la politique internationale ; mais cette convention, comment l'avons-nous connue ? Est-ce par notre Gouvernement ? Est-ce par la diplomatie ? Est-ce par les communications régulières que les gouvernements responsables devraient porter devant l'Europe qui a bien le droit de savoir comment naissent les complications d'où peuvent surgir les catastrophes ? Non, c'est parce que ce document avait été volé au quai d'Orsay au profit de la combinaison dont je parlais tout à l'heure, et on l'avait publié afin de pouvoir le commenter et afin de pouvoir dire à M. Pichon : « Vous voyez, la Russie et l'Allemagne s'entendent pour des lignes en Asie mineure ; le moment est venu de nous donner la nôtre ; au nom de la patrie, de l'équilibre européen menacé par les entreprises combinées de l'Allemagne et de la Russie en Asie mineure, notre petite ligne d'Homs-Bagdad, s'il vous plaît ! » *(Rires et applaudissements à l'extrême gauche.)*

Et, alors, j'ai le droit de dire qu'il faut une certaine audace à ce journaliste, et je dirai qu'il faut une certaine audace à M. Pichon pour dire ou pour insinuer que si nous avons été conduits à des difficultés avec l'Allemagne, c'est parce que la Chambre, malgré leurs avertissements, n'a pas consenti aux transactions congolaises qu'ils avaient recommandées.

Ah ! messieurs, encore une fois, ce que j'ai dit ici dans un premier débat sur cette question, à cette tribune, je veux le répéter pour qu'il n'y ait pas de malentendu. Je connais les lois du monde moderne, je connais les lois de la croissance économique des nations, et je sais bien que l'enchevêtrement des intérêts de tout ordre, des intérêts capitalistes, d'un côté, des forces et des revendications ouvrières, de l'autre, est une des conditions et une des forces de préparation de la paix. Je ne m'indigne donc pas, dans un nationalisme qui serait imbécile, que des transactions d'affaires, que des groupements d'intérêts, que des associations d'entreprises se forment entre nationaux de France et nationaux d'Allemagne ; je veux seulement dire deux choses : la première, c'est que si l'on croit possible de rapprocher deux grands pays par la combinaison d'intérêts personnels et par la politique d'affaires, il y a une affaire plus grande et plus noble que toutes les affaires, et cette affaire, la première, la plus haute, la plus grande, la plus vaste de toutes, c'est la civilisation développée par la paix. (*Vifs applaudissements à l'extrême gauche.*)

Je vous demande et nous avons le droit de demander aux gouvernants qui affectent, parfois, après certaines opérations, d'étranges pudeurs, nous avons le droit de leur demander de consentir au profit de la paix, de la justice sociale, du progrès humain le rapprochement qu'ils consentent au profit de combinaisons financières. (*Nouveaux applaudissements sur les mêmes bancs.*)

Il y a une autre chose que nous voulons dire, c'est que, du jour où ces groupements d'intérêts deviennent affaire nationale, affaire d'Etat, du jour où la politique générale et la diplomatie du pays y sont engagées, il faut que le Gouvernement les traite au grand jour, et il faut qu'il les dirige en maître ; il faut qu'il ne permette à aucune intrigue véreuse (*Très bien ! très bien ! à l'extrême gauche*) de s'y mêler en dominateur. (*Applaudissements à l'extrême gauche et sur divers bancs à gauche et au centre.*)

Il faut que la combinaison soit telle qu'elle puisse être publiée, qu'elle puisse être avouée (*Très bien ! très bien !*) et celle d'Homs-Bagdad, celle même de la N'Goko-Sangha on n'a pas osé les avouer tout haut.

En sorte que si, au lendemain d'Agadir, les deux pays s'étaient affolés, si la guerre avait surgi, de quoi aurait-elle surgi ? Ah ! à la première minute on aurait dit au peuple de France : « C'est l'honneur national qui est engagé. » Et il aurait vibré, il aurait frémi. Et il aurait appris peut-être bientôt, par les documents mêmes que, de nos propres mains, nous avons publiés ces jours-ci, par les documents que les adversaires politiques se sont jetés au visage dans la commission du Sénat — de même qu'au lendemain de la guerre de 1870, Bismarck a pu publier le brouillon néfaste d'un traité par lequel Benedetti livrait la Belgique — à peine des millions de Français seraient-ils venus, le cœur palpitant, dans la bataille pour l'honneur de la France et l'indépendance nationale, des secrets obscurs de la chancellerie ennemie seraient sortis les papiers qui eussent montré à ce peuple qu'il allait se faire tuer pour l'équivoque de quelques financiers aussi maladroits qu'avides ! (*Vifs applaudissements prolongés sur un grand nombre de bancs.*)

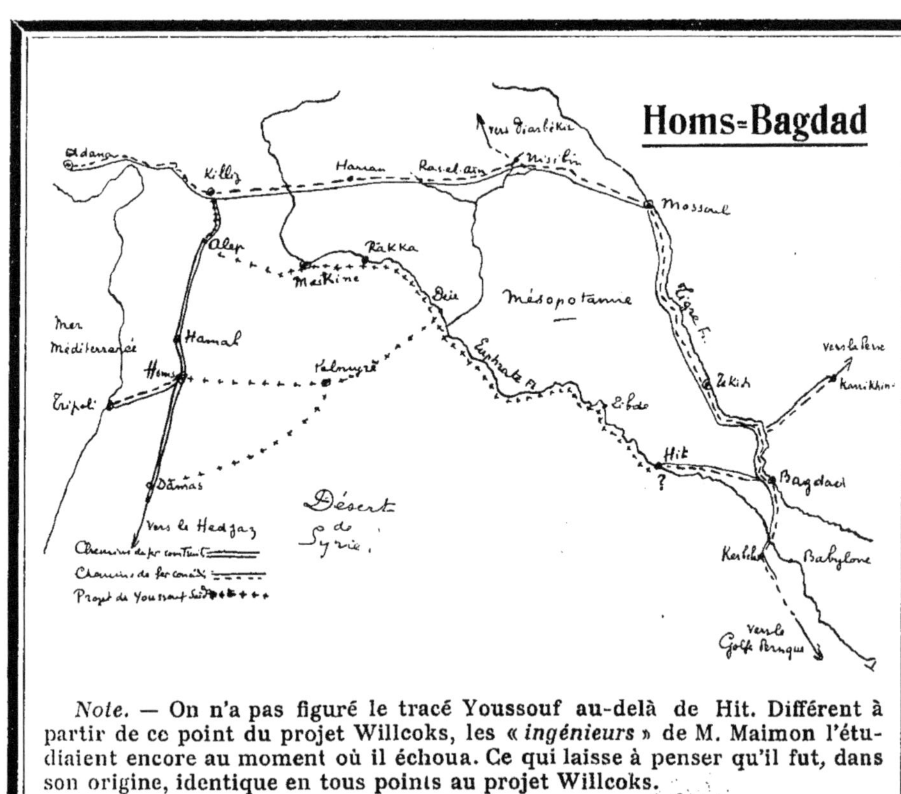


*Note.* — On n'a pas figuré le tracé Youssouf au-delà de Hit. Différent à partir de ce point du projet Willcoks, les « *ingénieurs* » de M. Maimon l'étudiaient encore au moment où il échoua. Ce qui laisse à penser qu'il fut, dans son origine, identique en tous points au projet Willcoks.

BIBLIOTHÈQUE NATIONALE IMPRIMÉS

# TABLE DES MATIÈRES




Imp. Vve Denis, 31, villa d'Alésia, Paris-14e.

# Le Courrier Européen

Bi-mensuel
le n° : 0,60

Ab^ts { France.. : 12 fr.
Étranger : 15 fr.

Revue Politique Internationale

**FONDATEURS :**

**BJORNSTJERNE BJORNSON,**
**Nicolas SALMERON**

**COMITÉ DE DIRECTION :**

**B. Pérez GALDÓS, Georg BRANDES, Jacques NOVICOW, Gabriel SÉAILLES, Professeur à la Sorbonne, G. SERGI, Professeur à l'Université de Rome, Ch. SEIGNOBOS, Prof. à la Sorbonne.**

Le " Courrier Européen " rembourse intégralement l montant de son abonnement par des Primes
ENTIÈREMENT GRATUITES

**Numéro Spécimen Gratuit sur demande**

Pour paraître prochainement

---

# De la N'Goko-Sangha à Agadir